国家出版基金项目
NATIONAL PUBLICATION FOUNDATION

杜甫詩裏的非戰思想

顧彭年◎著

山西人民出版社
山西出版傳媒集團

圖書在版編目(CIP)數據

杜甫詩裏的非戰思想 / 顧彭年著. -太原: 山西人民出版社, 2014.11
(近代名家散佚學術著作叢刊 / 許嘉璐主編)
ISBN 978-7-203-08697-0

Ⅰ. ①杜… Ⅱ. ①顧… Ⅲ. ①杜詩-詩歌研究
Ⅳ. ①I207.22

中國版本圖書館 CIP 數據核字(2014)第 205966 號

杜甫詩裏的非戰思想

主　　編　許嘉璐
著　　者　顧彭年
責任編輯　梁晉華

出 版 者　山西出版傳媒集團·山西人民出版社
地　　址　太原市建設南路 21 號
郵　　編　030012
發行營銷　0351-4922220　4955996　4956039
　　　　　0351-4922127(傳真)　4956038(郵購)
E-mail　sxskcb@163.com　發行部
　　　　　sxskcb@126.com　總編室
網　　址　www.sxskcb.com

經 銷 者　山西出版傳媒集團·山西人民出版社
承 印 廠　山西出版傳媒集團·山西人民印刷有限責任公司

開　　本　700mm×970mm　1/16
印　　張　10
字　　數　90千字
印　　數　1—3000冊
版　　次　2014年11月　第1版
印　　次　2014年11月　第1次印刷
書　　號　ISBN 978-7-203-08697-0
定　　價　22.00圓

《近代名家散佚學術著作叢刊》編委會

出版説明

近代名家散佚學術著作叢刊選取一九四九年以後未再刊行之近代名家學術著作共一百二十册，編例如次：

一、本叢書遴選之著作在相關學術領域具有一定的代表性，在學術研究方向、方法上獨具特色。

二、爲避免重新排印時出錯，本叢書原本原貌影印出版。影印之底本皆經專家組審定，原書字體大小，排版格式均未做大的改變，原書之序言、附注皆予保留。

三、本叢書分爲八大類，以作者生卒年編次。

四、爲使叢書體例一致，本叢書前言後記均采用繁體字排版。

五、個別頁碼較少的版本，爲方便裝幀和閱讀，進行了合訂。

六、少數學術著作原書内容有個別破損之處，編者以不改變版本内容爲前提，部分進行修補，難以修復之處保留缺損原狀。

七、原版書中個別錯訛之處，皆照原樣影印，未做修改。

八、所選版本之抽印本頁碼標注，起始至所終頁碼均照原樣影印，未重新編排標注新頁碼。

由於叢書規模較大，不足之處，殷切期待方家指正。

總序／

披沙瀝金，以爲鏡鑒

◇許嘉璐

多年來有一個問題始終在我腦中盤桓：爲什麽在十九世紀末到二十世紀初，在短短的幾十年裏，中國的各個學術領域竟涌現了那麽多大師級的人物？這是中國近代史上一個極爲重要的現象，我認爲，如果不能給出令人滿意的答案，我們撰寫的近代學術史將是不完整的，甚至是缺乏靈魂的。後來我知道，著名人類學家克羅伯曾提出過一個問題：爲什麽天才成群地來？看來這種現象的出現並非中國所獨有，思考其所以然的也大有人在。而在那一次世紀之交中國的情況，似乎應驗了「天才成群地來」這個令克氏久久不解的疑問。錢學森先生曾從相反的方向提出了相同的疑問：爲什麽我們這個時代出現不了杰出人才？後來人們稱這個問題爲「錢學森之謎」。

要回答這些疑問不是件容易的事。與其迅速地囫圇地探尋，不如先多了解那些讓中國近代學術（應該包括人文科學和自然科學）史上閃耀着光輝的大師們的作品和自述，從而在腦海里盡量「復原」他們所處的環境和在那種環境下的心理路徑，從中或許可以得到一些啓示。

有一點是顯然的，這就是他們雖然都已遠離塵世而去，但是他們獨立思考的品性、求知治學的真誠、困厄窮愁中對節操的堅守，恐怕是他們共同的主觀因素，一直影響到現在，而且將會永遠留存下去。

就思想界、學術界而言，二十世紀上半葉是一個新説和舊説碰撞，中學和西學融匯的大時代。那時的學人極爲重視言行操守，同時具備現代知識分子的理想信念；他們的學術研究十分純淨，絶少功利因素；他們的視界開闊，以包容的心態和嚴謹的風格造就了成果的大氣與厚重。至於在客觀因素一面，他們實際是在用工業化時代的事實解説着太史公所説的名山之作「大抵聖賢發憤之所爲作」，困厄苦難使得他們「皆意有所鬱結」。這種鬱結，幾乎和個人的名利毫無牽涉，他們永遠不能釋懷的，是民族的存亡、國運的興衰、民衆的福禍和文脈的續斷。

那個時代也是近代歷史上最大規模的中西古今學術調適、創新的時期，學術方法上的交互滲透和融合、創新亦可謂「於斯爲盛」。斯時之學人是要在封閉的屋墻上鑿出窗子的勇士，是使人能够看看外部世界的第一批導夫先路者；或者可以説，他們是在「意有所鬱結」時「彷徨」和「吶喊」的「狂人」。

相對於那時的哲人們，後來者是幸運兒。現在的形勢是，近三十年來學界空前繁榮，衆多學科有了長足之進，其中很重要的一點是學界有了更新穎、更廣闊的國際視野，似乎接續上了百年前的學壇盛事。但細想想，「古」與「今」還是有差别的。其异，主要不在於世界情勢、學術進展、工具改善這些客觀存在，而在於在廣泛吸收各國優長的同時，自身文化的主體性越來越受到重視，换言之，「拿來主義」已經延長了「拿來」的程序，加上了試用、甄别、篩選、吸收、融合、成長。就我孤陋所見，在當今地球上，面向所有异質文明，努力汲取我之所缺，其範圍之大和心態之切，似乎無出中國之右者。從這個角度説，我們已經超越了前輩。但是事情還有另外一面，學術，特别是人文學科，其職業化、「沙龍化」和功利性，以及隨之而來的浮躁病却嚴重了。從這個角度説，是不是我們已經後退得够可以的了？而這是不是我們這個時代出不了大師的原因之一呢？

民國學術界的特點之一是極爲注重對傳統的反省、批判與繼承。他們對傳統文化盡最大的努力進行整理和研究。一方面，由於戰亂頻仍，民不聊生，學者們擔起了讓中華文化薪火相傳的歷史責任；另一方面，他們要通過對中國傳統文化的整理，挖掘來重振民族自信心。這一時期對傳統文化進行整理的全面而深入是前所未有的，舉凡文字學、語言學、經濟學、法學、哲學、政治制度、書法繪畫、金石學……規模之宏大，研究之精微，令人嘆爲觀止。

民國學術推動了現代學科體系的建立。在對傳統文化整理和研究的基礎上，吸收西方的文化思想和理念，推動和建立了中國現代學科體系。例如，在對語言文字和音韵學成果進行整理、研究的基礎上開始着手規範之，建立了國語學；深入研究書法、國畫，將其融入了現代美術學科；在廢除舊有學制後逐步建立起小、中、大學較完整的科目和學科體系。

民國學術也改變了傳統學術方式，建立了新的研究範式。以現代科學考古爲發端，科研的實踐和成果使中國知識界真正認識到在實驗、比較基礎上的邏輯分析對學術研究的重要，推進了中國學術的一大演變。至於我們常説的打破士大夫傳統、走出書齋到田野鄉村和市民中進行調查研究、結束了經學時代、以歷史眼光檢視儒學和諸子等等，都是確立新學術範式的努力。這一轉變，也標誌着中國學術界脱胎换骨，全面進入了現代，爲此後的學術發展奠定了堅實的基礎。當然，西方啓蒙運動以來，在「現代性」和「現代化」裏潛伏着的缺陷和謬誤也傳到了中國，這些不能不在前哲的著作裏留下痕迹。這並不奇怪。類似的情况，古往今來孰能免之？猶如今天的我們，誰敢自稱我之所見就是永恒的真理？在這個問題上兩個時代所異者，或許就在昔時大家創立新説或譯註西學著作，往往是懷着對學術和前哲的敬畏而爲之，故而常常誤不在我；當今則往往出於對學問和他人的輕蔑，或以所研究的對象爲謀己的工具，因而難辭主觀之咎吧。翻閲他們的心血之作，這些復雜的狀况可以顯見，可以視之爲我們的一面鏡子。

滄海桑田，世事變幻，歷史的動盪和時代的遮蔽，使當年許多大師的一些極有價值的學術著作被棄於故紙堆中，不能不令人有遺珠之憾。爲此，山西人民出版社不惜以數年之艱辛，披沙瀝金，編輯出版這套近代名家散佚學術著作叢刊，凡一百二十册，計文學、史學、政治與法律、美學與文藝理論、民族風俗、宗教與哲學、經濟、語言文獻共八大類別。所選皆爲作者之純學術著作，無論是其見解、精神，抑或是其時代烙印，都是後輩學人可資借鑒的寶貴財富。他們出版這套叢書，意在讓世人不忘來程，知篳路藍縷之不易，爲民族文化的傳承再增薪木。

出版社的初衷，與我近年來所思所慮近似，故願略述淺見於書端，以與策劃者、編輯者和讀者共勉。

二〇一四年七月六日

改定於自安東回京途中

前言／猛回頭，那支支紅燭

——二十三種民國文學研究著作概覽

◇梁歸智

「視爾夢夢，天胡此醉？於時處處，人亦有言！」

此聯乃北京宣南（宣武門外舊城區）北半截胡同四十一號中「莽蒼蒼齋」楹聯。齋主何人乎？即戊戌變法失敗而捐軀之「六君子」中翹楚譚嗣同字復生號壯飛者也。慈禧太后發動政變，逮捕維新黨人，友人勸譚嗣同逃避，他堅辭曰：「外國變法未有不流血者，中國變法流血請自嗣同始。」乃於一八九八年九月二十四日被捕，繼而遇害於菜市口。臨刑前仍大呼曰：「有心殺賊，無力回天；死得其所，快哉！快哉！」

自此而後，果然爲變法——改變社會制度而流血不止，一九一一年十月十日辛亥革命成功，中國歷史上最後一個封建王朝被推翻，一九一二年一月一日中華民國成立。然餘波未息，新瀾迭起，袁世凱竊國，張勛復辟，北洋軍閥混戰，國民黨軍北伐，中國共産黨成立，國共争鋒，時而合作，時而破裂，日本入侵，八年抗戰，勝利後繼以三年内戰，終於以一九四九年十月一日建立中華人民共和國而告一大段落。

從一九一二年一月一日到一九四九年十月一日，凡三十八年，此即「民國」時段也。

三十八年過去，彈指一揮間。戰焰紛飛，生靈涂炭，歷史真是「相斫書」！而文明的燭火，點點簇簇，飄曳閃爍於如磐夜氣之中，雖遭暴風，遇疾雨，而終不熄不滅。其中最具象徵性的事件，乃一八九七年二月二十一日在上海成立之商務印書館，於一九三二年一月二十九日遭日本侵略軍針對性轟炸，占全國出版量百分之五十二的出版巨頭損失一千六百三十萬元，百分之八十以上資産被毀，其所屬東方圖書館同時被炸，四十五萬册圖書化作劫灰，其中有無數古籍善本、孤本！日軍侵滬司令鹽澤幸一狂吠：「炸毀閘北幾條街，一年半就可恢復，只有把商務印書館、東方圖書館這個中國最重要的文化機關焚毀了，牠則永遠不能恢復。」而劫難後的商務印書館，懸掛出「爲國難而犧牲，爲文化而奮鬥！」的巨幅標語，經半年即宣告復業，實現了「日出一書」的奇迹。

由於歷史演變的吊詭，民國時期的出版物，在一九四九年以後的中國大陸，大多數遭遇了被遺忘的命運，沉埋於少數圖書館的塵封角落。斗轉星移，時來運轉，二十一世紀進入了第二個十年，山西人民出版社推出這套叢書，遴選民國出版的若干學術精品，分學科編纂，蔚爲盛事大觀。此分卷是對中國文學（主要是古典文學）的研究，共二十三種。下面對這二十三種書籍作一個概覽性的介紹。

先看這些書的作者。生年不明者毋論外，出生最早的當屬韓柳文研究法的撰者林紓，他誕生於一八五二年（清文宗咸豐二年），卒於一九二四年（民國十三年——一九一二年爲中華民國元年）。出生最晚的是陶淵明批評的作者蕭望卿，誕生於一九一七年（民國六年）。這二十位作者中，一些是後來成爲大家的著名人物，林紓之外，有大學者徐珂、章太炎、陳寅恪、吕思勉、陸侃如、周貽白、趙景深，著名作家蕭乾等。此外的作者，則屬於有一定學術建樹或僅留下少量著述的文化人。

從作品看，這二十三種著作有某一種文學或某個人作品的分論，如詩經之女性的研究、曹子建詩的研究，也有某一長時段的文學史或文藝理論性質的概説，如清代詞學概論、中國戲劇小史。其中陸侃如三種，趙景深兩種；而陳寅恪和蕭望卿的兩種著作研究對象相同而又篇幅短小，合爲一册；陸侃如有兩種合爲一册。故，這裏一共有二十位作者的二十三種著述，却是二十一册文本。

分册介紹述評，是按照著作内容所關涉之中國文學史發展綫索的先後爲序？還是以研究者的情况或者書册的寫作出版先後爲序？却是一個頗讓人躊躇的問題。因爲近四十年的民國，正是中國社會從傳統向近現代激烈轉型的時段，不僅作者的思想認識，書册的觀點立場，而且連書寫的語言文風，都存在鮮明的古今遞嬗演變的痕迹。經考量，决定采取折衷的立場，即基本上按照文學史發展的脈絡綫索，先概説性著作，後專題性研究，同時顧及其他因素，將徐珂、林紓、章太炎的三種以文言文表述的著述放在最後予以推介月旦，也算是對横跨清王朝與民國兩代之文化先驅者的致敬。

中國文學小史，作者趙景深，生於一九〇二年，卒於一九八五年，主要以元雜劇、宋元南戲和古典小説的輯佚考證而名世，代表性著作爲曲論初探、宋元戲曲本事、宋元南戲考略、中國小説叢考等。這本中國文學小史是他二十多歲時的作品，上海的大光書局出版，後再版重印，達二十次之多。他於一九三六年寫「十九版序」，這樣説道：「十年前，我跟隨着新文學浪漫運動的巨潮向前推動，當時我充滿了熱情和詩趣，喜歡説一點帶有情感的話，喜歡像做詩一樣的寫文章。……也許讀者們這樣的愛讀這本小書，使牠達到十九版，清華大學入學考試且曾指定此書爲唯一的參考書，大約都是爲了牠使人讀起來不至於十分頭痛吧？」

以西方的學科意識而撰述「中國文學史」，二十世紀以始，共有數百本。第一本中國文學史爲何人所寫？或曰英國人，或曰日本人，或曰俄國人。中國人自己最早撰寫的中國文學史，一般認爲乃林傳甲一九〇四年撰中國文學史，黄人（黄摩西）亦於同年撰同名之書。林著是在當年之京師大學堂即後來之北京大學撰成，黄著是在當年之東吴大學即後來之蘇州大學撰成，歷史演變的軌迹斑斑俱在。趙景深的這本「小史」，名副其實，牠篇幅很小，如作者自表，「我只是寫一本中國文學的常識；或者，我是在説一個故事」。其特色不在學術含量的全備高深，而在簡略概約，蜻蜓點水，却時見談言微中；同時文風清麗活潑，很適於普及。

中國文學小史凡三十五節，第一節「緒論」，第二節「詩經」，第三節「屈原宋玉」，第三十四節「清代的詩文」，第三十五節「最近的中國文學」。從詩經、楚辭始，司馬相如和司馬遷，曹氏父子，陶淵明與謝靈運，唐詩，宋詞，元曲，明清的小說、傳奇和詩文，面面俱到，而最後一節，更有聞一多、汪靜之等的詩歌，郁達夫、魯迅等的小說，田漢、丁西林等的戲劇，周作人、朱自清等的散文等。

比起今日的文學史經典著作，此書自然不可能在材料的全備準確和學理的系統精深方面爭勝，但其特色也頗堪注目，即那時還沒有後來的一些教條框架，因而一些說法能讓人眼前一亮，細想也頗堪玩味。如論到李白和杜甫的同異，這樣對比：

李白：南方化、仙品、出世、浪漫、受道家影響、才、情、樂自然；

杜甫：北方化、聖品、入世、寫實、本儒教見地、學、性、泣時事。

與後來的經典化定位大同小異，而更加言簡意賅，同時還有一些生動的表述，如這樣談論李白：「我們也曾想像到一個眸子炯然，腰束玉帶，身穿宮錦袍，在采石磯邊狂歌於船頭的詩人麽？這便是天才豪放的李白。」後面對李杜的「優劣」也一語到位：「李白是樂天的，杜甫是悲觀的。」「他們兩人作風如此不同，當然我們不能分出優劣來。」比起一九四九年以後幾部文學史的某些教條化論述，以及郭沫若的李白與杜甫之立場偏頗，民國時期學人的思想自由客觀公允躍然紙上。

詩經之女性的研究，謝晉青著。此書曾作爲商務印書館「國學小叢書」、「萬有文庫」而數次出版重印。謝氏生於一八九三年，卒於一九二三年，乃日本留學生、南社社員，另有譯著西洋倫理學史（原作者日本人三浦藤作）。詩經之女性的研究共十節，其實就是對十五國風裏的女性題材特別是愛情婚戀詩歌的思想與藝術分析評價。其「緒論」說：「我這次是想在詩經中，發掘古代婦女問題的，並不是做考據底工作，在意義方面，我們總以詩底本義爲歸宿；那些不可靠的誤解，我們一概不取。在藝術方面，我們總以普遍而真摯的平民主義爲歸宿，那些不自然的附會穿鑿，我們也一概排斥。」「結論」則總結說：「詩經底十五國風，原來存詩一百六十篇，其中經我認爲有關婦女問題的，共計八十五篇。這八十五（篇）詩，若再依性質來區別，那就是：最多的爲戀愛問題詩，其次即爲描寫女性美和女性生活之詩，再其次就是婚姻問題和失戀問題底作品了。爲什麽戀愛問題底作品，占最大的數目呢？這就因爲兩性問題，是在人類生活上，占最重要的地位底證據。」

此書的許多具體分析賞鑒相當細緻，頗能體現民國以來西方推崇女性張揚人性思潮對古典文學研究的影響，一九四九年以後中國文學史中的相關評述，傾向立場，實承其緒。

有關楚辭的著作，共選有兩種：陸侃如屈原與宋玉、何天行楚辭作於漢代考。

陸侃如，生於一九〇三年，卒於一九七八年，是二十世紀五六十年代中國著名古典文學專家，他與夫人馮沅君合著之中國詩史是開創性的著作。此外撰有樂府古辭考、陸侃如古典文學論文集、中國文學史簡編、中國古典文學簡史，及與高亨合著楚辭選，與牟世金合著文心雕龍選譯、劉勰論創作、劉勰與文心雕龍等。屈原與宋玉是在他的處女作屈原、宋玉基礎上整合而成，却也算得上這一研究領域初具規模的「集大成」之作。書共六節：一、引論；二、屈原的生平；三、屈原的作品；四、宋玉的生平；五、宋玉的作品；六、餘論。最後列「參考書目」，自王逸楚辭章句、洪興祖楚辭補注、朱熹楚辭集注以下凡四十種。可以說，後來關於楚辭研究的許多重要問題都已經有所體現或涉及，算得上是此領域近現代研究的一冊早期代表性著作。

楚辭作於漢代考的作者何天行生於一九一三年，卒於一九八六年，對浙江遠古文化——良渚文化的發掘考證有重要貢獻，出版有杭縣良渚鎮之石器與黑陶，是著名的考古學著作。楚辭作於漢代考受當時顧頡剛疑古學派的影響，論證楚辭各篇皆作於漢代，離騷的作者是淮南王劉安。這種觀點是楚辭研究中的一家之言，後來朱東潤也持相近觀點。楚辭作於漢代考的寫作曾受到蔡元培的鼓勵，完成於抗日戰爭發生前夕，作爲一種歷史痕迹，於楚辭學的演變具有參考價值。

漢代詞賦之發達，商務印書館一九三五年出版，其作者金秬香，生平待考，他另有駢文概論一書，爲商務「萬有文庫」第一集中叢書，則金氏乃當時知名文化人無疑。漢代詞賦之發達共十章，對漢賦作了比較全面的考察研究，其第一章「辭字之解釋」辨析「辭」與「詞」字義語源的來龍去脈，認爲「楚辭漢賦」中「辭」應作「詞」，故全書行文，皆稱「詞賦」。其後各章，對「賦字之定義」、「詞賦之源流」、「詞賦之作用」、「詞賦之分析」、「漢代詞賦之所由盛」、「漢代詞賦之所由衰」、「漢代詞賦發達之原因」、「漢代詞賦之種類」、「漢代詞賦之變遷」分別討論，漢代重要詞賦作家作品多已涉及，全書行文爲淺近文言。由於詞句多古僻，深入研討漢賦者歷來不多，此書可視爲漢賦研究的早期圭臬。

陸侃如樂府古辭考，完成於一九二五年，商務印書館一九三〇年出版，堪稱是對漢樂府研究的開山之作。共八章，依次爲：一、引言；二、郊廟歌；三、燕郊歌；四、舞曲；五、鼓吹曲；六、横吹曲；七、相和歌；八、清商曲。序例有云：「樂府是中國文學史上很重要的材料。但是研究起來，較詩經楚辭爲難，因爲没有適當的參考書。……近來研究詩經楚辭的人很多，但很少有人研究樂府的。這本小冊子的問世，便是希望能引起讀者對於樂府的興趣，大家來作湛深的研究，使樂府的真價值不致永久的湮没。」雖是「小册子」，而能於漢樂府爬梳史料，清理源流，辨析考鑒，確有開闢之功，後來的研究者，實受其惠。

此册還另有陸侃如的一篇論文左思練都考，北京大學出版部一九四八年出版，乃對西晉詩人左思撰寫三都賦構思十年的傳統説法提出异議，認爲「事實上三都賦的構思恐怕超過二十年」，引證古籍，分析辯駁，是一篇專門的考證文章。

原廣州師範學院院長陳一百，生於一九〇九年，卒於一九九三年，是一位教育家。其所著曹子建詩研究於一九四〇年由上海三通書局出版，一九七一年香港大地出版社再版。書分上下篇，上篇包括曹植傳略、曹子建集的傳本考略、曹植詩歌的情感、後世諸家對曹植的評論；下篇兩部分，分别是曹植詩選讀和曹植樂府選讀，文末附有清代學者丁晏的魏陳思王年譜。此書也算對曹植其人其詩的一種早期研究的痕迹，可供後來者借鑒參考。

陶淵明之思想與清談之關係、陶淵明批評二書篇幅不大，故合爲一册。前者爲陳寅恪的一篇論文，燕京大學哈佛燕京社一九四五年出版；後者爲蕭望卿著，開明書店一九四七年出版。陳寅恪生於一八九〇年，卒於一九六九年，是名震遐邇的文史大師，毋庸多介。蕭望卿生於一九一七年，卒於二〇〇六年，曾先後於西南聯大和清華大學深造，並與聞一多、朱自清、沈從文等大家交往密切，一九四九年後任教於河北師範學院中文系，述而不作，僅有此陶淵明批評傳世。

陶淵明之思想與清談之關係不愧名家名作，條理清明，言簡義豐，實爲後世研陶之先驅。文章首先追溯從漢末、魏到晉的「清談」之風，「然則當時諸人名教與自然主張之互異即是自身政治立場之不同，乃實際問題，非止玄想而已」。「略述淵明之前魏晉以來清談發展演變之歷程既竟，茲方論淵明之思想，蓋必如是，乃可認識其特殊之見解，與思想史上之地位也。」再討論陶淵明與佛教徒慧遠等頗有交往，而其思想不染佛風，乃因爲「蓋其平生保持陶氏世傳之天師道信仰，雖服膺儒術，而不歸命釋迦也」。同時，陶淵明「自以曾祖晉世宰輔，恥復屈身異代」，他的「自然」思想，「與當日實際政治有關，不僅是抽象玄理無疑也」。

最後論定陶淵明作爲思想家的崇高地位：「淵明之思想爲承襲魏晉清談演變之結果及依據其家世信仰道教之自然説而創改之新自然説。……不似舊自然説之養此有形之生命，或別學神仙，惟求融合精神於運化之中，即與大自然爲一體。……故淵明之爲人實外儒而内道，捨釋迦而宗天師者也。推其造詣所極，殆與千年後之道教採取禪宗學説以改進其教義者，頗有近似之處。然則就其舊義革新，『孤明先發』而論，實爲吾國中古時代之大思想家，豈僅文學品節居古今之第一流，爲世所共知者而已哉！」

陶淵明批評共三章：陶淵明歷史的影像、陶淵明四言詩歌論、陶淵明五言詩的藝術。這本書是文學史角度的陶淵明專論，與陳寅恪的思想論合而觀之，可謂陶淵明的「全影」，一九四九年後陶淵明研究的輪廓理路，其實皆在其籠罩之下。

此書前有朱自清的序，言短義豐，對陶淵明批評的價值貢獻，可謂已經説盡。陶淵明「詩最少，可是各家議論最紛紜。考證方面且不提，只説批評一面，歷代的意見也够歧異够有趣的。本書『歷史的影像』一章頗能扼要的指出這種演變。在這紛紜的議論之下，要自出心裁獨創一見是很難的。但這是一個重新估定價值的時代，對於一切傳統，我們要重新加以分析和綜合，用這時代的語言，重新表現出來。本書批評陶詩，用的正是現代的語言，一鱗一爪的，雖然不是全豹，表現着陶詩給予現代的我們的影像。這就與從前人不同了。」「本書二三章專論陶詩的作風和藝術，不厭其詳。從前人論陶詩，以爲『質直』『平淡』，就不從這方面鑽研進去。但『質直』『平淡』，也有個所以然，不該含胡了事。本書詳人所略，便是這方面的努力。」「陶淵明的創獲是在五言詩。本書說『到他手裏，才是更廣泛的將日常生活詩化』，又說他『用比較接近說話的語言』，是很得要領的。」「歷來評論者推崇他的五言詩，因而也推崇他的四言詩，那是有所蔽的偏見。本書論四言詩一章，大膽的打破了這個偏見，分別詳盡的評價各篇的詩。」

陶淵明之思想與清談之關係用文言行文，簡潔清雅；陶淵明批評則是生動活潑的白話文，沒有一九四九年後的八股教條氣味。今天的人閱讀起來，也感到很親切的。

唐代文學史，陳子展著。陳氏生於一八九八年，卒於一九九〇年，一九三三年起一直任教於復旦大學，以詩經直解、楚辭直解名世。唐代文學史於一九四四年由作家書屋（姚蓬子在上海開的書店）出版，一九四七年重印，共八章，分別是：一、說到唐代文學；二、初唐詩人；三、盛唐詩人；四、中唐詩人；五、晚唐詩人；六、古文運動；七、唐人小說；八、晚唐五代詞人。對整個唐代文學，作了梳理概述，篇幅不長，內容全面，可以視爲後來中國文學史唐代文學部分的早期代表作。其中的說法，今天看來自然不新鮮，放在當年的時代背景下，則頗可稱道。如論李白與杜甫的優劣：

> 可見一個肯自命爲狂者，一個不諱言爲腐儒。一個抱超世主義，源於道家思想；一個抱淑世主義，源於儒家思想。一個幻想超昇仙境，一個不忍離開君國。總之，他們的作品都是他們自己生命純真的表白。
>
> 大抵李杜於詩的手法上，一個側重自然，一個側重雕飾。風格上一個豪放飄逸，一個沈（即「沉」）鬱頓挫。各有各的價值，各有各的生命。

商務印書館「國學小叢書」有顧彭年杜甫詩裏的非戰思想，一九二八年出版，一九三三年重印，據作者序言，書完稿於一九二五年。商務印書館「萬有文庫」中又有顧氏現代歐美市制大綱一書，一九三〇年出版。此外知道他從事過新體詩的翻譯與創作，其餘生卒年和生平等則概不清楚。杜甫詩裏的非戰思想共五章加一個附録：一、緒言；二、杜甫傳；三、杜甫的時代；四、杜甫以前及他同時代的反對戰爭的思想與作品；五、杜甫詩的非戰思想；附録：杜甫時代重要之戰爭與叛亂年表。

杜甫爲「詩聖」，杜詩乃「詩史」，歷來研究繁夥。此書以「非戰思想」爲中心主題，表現出明顯的時代印記。如作者自序中所云：「迨江浙戰爭發生後，作者對於戰爭的惡魔的面龐益認識清楚，這位大詩人的非戰作品，也就愈加湧現在我的腦際了，但因戰爭的驚擾，屢次遷徙，心如蝴蝶，如浮萍，飄蕩無定，不克專心於此，直到逼近年節，始把牠修改好，字數已比初稿增加了一倍以上。」今日之杜甫研究成果已經汗牛充棟，而此册小書，仍於讀者開卷有益，在於戰爭之兇惡痛苦，人類仍未能完全消弭避免。而此書感同身受的寫法，就不僅是一本研究著作的影響了。其緒言末段的感慨最能傳達不以時代變遷而更改的情愫：「我們所處的時代與杜甫的時代有不少的地方相類似；環境的艱險比他的有過之無不及；我們的兄弟，所流的血泪，所受的凌辱與壓迫與騷擾，比他的時代的人更甚；但當今能代表時代的作品有幾？能真切的表現自己所處的環境的佳制有幾？具有完整，聖潔，毅勇，偉大的人格而爲民衆呼吁的詩人安在？」

唐人詩中所見當時婦女生活，作家書屋一九四七年出版。作者劉開榮，一九三五年考入金陵女子文理學院中文系，一九四一年畢業，一九四三年完成此書。劉開榮後來又去燕京大學歷史系深造，在陳寅恪指導下完成唐代小説研究，一九四七年商務印書館出版，一九五〇年再版，一九五三年三版，臺灣亦曾三次重版。

唐人詩中所見當時婦女生活書前除作者自序外，尚有華西大學華西週刊主編陳國樺序、陳中凡序及華西大學英文系外教費爾樸序。陳國樺序末署「（民國）三十二年二月十二日序於華西大學」；陳中凡序末署「民國三十二年一月二十五日」、「成都華西壩廣益學舍」，費爾樸序末署「一九四三年春」、「於四川成都」，而劉開榮自序末署「（民國）三十二年一月二十二日於華西壩」，是則其時劉開榮與陳中凡俱任教於華西大學。書之正文共九章：一、引論；二、勞動婦女（上）；三、勞動婦女（下）；四、民間一般婦女的日常生活；五、民間一般婦女的精神生活；六、妓女生活；七、宮庭婦女及貴族婦女生活；八、女冠子生活；九、結論。

陳國樺序有云：「處在中國抗建（即抗戰與建設——引者）的現階段，如欲建設新中國，必須動員二萬萬多女同胞的力量，共同參與偉大的建設工作。著者劉開榮君寫成此書，實無异提出婦女解放的問題，請大家重新加以嚴肅的考慮，因爲唐代的婦女生活，又何異於現代的婦女生活呢？」

陳中凡序則説：「我以爲此文可以作爲唐代婦女史看。因爲我國古代史家專紀帝王名臣的史績，至今中國史書有帝王家譜之譏。社會上廣大群衆反被擯於史書領域以外，真是憾事。今讀此文，方知道史家所忽略的東西，詩人乃一唱三歎，反復申詠。只要後人加以探討，就可以把當日被壓迫的一般婦女實際情形，畢露無遺。」

費爾樸序（英文，劉開榮譯成漢語）贊美：「本書作者劉開榮女士，本人會詩，也善爲富有詩意的散文，可以説是給近代的文學寶庫添上了一幅生動的圖畫——一幅女人的美麗的夢景。『唐代的光榮』不但包括有金漆的畫棟和迴廊，光彩奪目的瓷器，以及吴道子的山水名畫，并且有琳琅滿目的辭林文苑，裏面活躍地呈現着宮庭裏莊嚴的婦女，也舞動着詩人們生花的筆尖。」

劉開榮的自序中則如是說：「本書的目的，不是要研究某一人某一事，而是要像一個攝影專家，把唐人詩中所反映的當時婦女生活的斷片，一一剪下來，拚在一起，使人一看便可得到一個個鳥瞰。所以凡能對當時的婦女生活，給一綫光明或一絲暗示的詩料，作者都不肯割捨。尤其關於佔有人精神生活一大部份的兩性間的言情談愛的記載，作者更要把它赤裸裸地呈現在讀者的面前，讓讀者進到他們的精神世界裏面去，不再襲用以往的成見，把君臣的關係拉扯上去，加以牽强附會的解釋了。」

可見這册書，無論作者與評者，都更注重其對「新婦女觀」的弘揚，而於唐代文學研究的價值反而在其次。劉開榮身爲女性，於有關女性的詩作更容易心有戚戚焉。這自然也受當日西學日漸張揚女權等社會情境、時代風氣和思潮的影響。今日的讀者，則更注重其學術層面的價值。如陳汝潔說：「有人説劉開榮的這本書實踐了陳寅恪先生的『以詩證史』的思想，我仔細讀了之後，覺得劉著與陳寅恪先生的元白詩箋證稿相比，還是差別較大的。陳著箋釋元白詩，往往證之以史籍，能使人明了詩中所寫何者爲史實何者爲虛構。在陳來説，『以詩證史』又何嘗不是『以史證詩』。而通過『以史證詩』所揭示出的元白詩中的今典，對讀者理解元白詩具有重要作用。以注釋來説，能注出今典比注明古典難度要大。寅恪先生在元白詩箋證稿中揭示了大量今典，因難能而可貴。而劉著在全書中很少涉及當時的史籍，所以讀後讓人覺得是她從全唐詩中分類披檢關乎婦女詩作，費了不少工夫而欠了一點功力，無法望陳著項背。但劉著是一部有趣的書，她把唐詩中關於婦女的詩作檢索、排比出來，讓人知道唐詩中的這一類。倘若她能够進一步讓讀者知道詩中所寫的這些婦女生活，哪些合於唐代史實哪些是詩人虛構，那該多好！不過，從書名來看，她大約認定唐代詩歌中所寫即是當時社會中所有，真的嗎？我認爲這需要證明。」

清代婦女文學史，一九二七年二月中華書局初版，一九三二年十二月再版，共十七萬五千字。作者梁乙真，河北獲鹿人，生於一九〇〇年，一九二五年後就讀於上海南方大學，卒年及生平不詳。除清代婦女文學史外，尚著有中國文學史話、中國民族文學史、中國婦女文學史和元明散曲小史。

清代婦女文學史共列舉了漢、滿閨閣名媛、娼門、女冠、難女、乞丐女性作者三百餘人。內容目録爲：第一編明清兩朝婦女之極盛時期；第二編清代婦女文學之極盛時期（上）；第三編清代婦女文學之極盛時期（下）；第四編清代婦女文學之衰落時期；第五編清代婦女文學雜述。

書前有王蘊章序、王燦芝序和自序，書末附録清代婦女著作家表及人名索引。此書受謝無量中國婦女文學史啓發和影響，但後來居上。王蘊章和王燦芝都給予較高評價。當代女性文學研究者也頗加青目，評論其重視女性張揚女權的思想意義高於文學史意義。所謂二十世紀三部女性文學史梁乙真居其二。

宋代文學，吕思勉著。吕氏生於一八八四年，卒於一九五七年，是著名歷史學家，其中國通史、秦漢史、讀史札記等都是史學名著。這册宋代文學一九二九年由商務印書館出版，共六章，分别是：一、概説；二、宋代之古文；三、宋代之駢文；四、宋代之詩；五、宋代之詞曲；六、宋代之小説。

此書行文用淺近文言，梳理宋代各體文學的代表作家、演變發展脈絡相當全面，可視爲宋代文學史的早期代表作。其觀點議論，具有二十世紀早期的清明樸實，非如後來受各種所謂「範式」拘限者。如論三蘇之文：蘇洵「筆力堅勁，自以老泉爲最。然老泉好縱横家言，恒以權譎自喜，而其言實不可用。故其議論，多有不中理者」。蘇軾「則見解較老泉爲高。雖亦不脱縱横之習，然絶去作用處，時或近於道家。非如老泉一味以權術自矜也。尤妙在能以明顯之筆達之。晚年文字，則心手相忘，獨立千載」。蘇轍「氣象不如其父兄之雄奇；才思横溢，亦非乃兄之敵。然議論在三家中最爲平正，文亦較有夷然澹蕩之致，則亦非父兄所能也」。宋代文學專設駢文一章，也是後來的文學史一般所忽略的。

中國詞史大綱，胡雲翼著。胡氏生於一九〇六年，卒於一九六五年，曾於中學、大學任教，後爲上海中華書局、商務印書館編輯，於唐宋詩詞研究深湛，有宋詞研究、宋詩研究、宋詞選、唐詩研究等著作行世，影響頗大。中國詞史大綱，北新書局（創立於北京，後遷上海）一九三五年出版。此書分兩編，第一編爲「唐五代詞」，共九章，第二編爲「北宋詞」，共十四章，共録詞人凡五十七家。

此書爲近代意義上對詞這一形式溯波追源之較早學術著作，也可以説是研究宋詞的早期經典。其論詞與詩之區別云：「長短句的歌詞在文人的社會裏確立以後，牠的發展漸漸地把不甚協樂的律絶詩壓倒了。我們看樂曲裏面的長命女、烏夜啼、漁夫詞、長相思、江南春、步虛詞、鳳歸雲、離別難、金縷曲、水調歌、白苧等調，最初都是用五七言絶句歌詞，後來都改用長短句的歌詞了。中唐詩人還有寫律絶詩給樂工伶妓們去唱，到晚唐竟失掉歌詩之法，只有長短句的歌詞了。這不顯明的是：長短句的歌詞藉着在音樂上的便利，把整整的歌詩打倒了嗎？」詞的興盛在音樂這一歷史的核心問題，如此明白曉暢地揭示了出來。

詞的歷史分期，此後的文學史，都以中國詞史大綱的説法爲準，如北宋詞的演變：「歷史的發展，則可分爲四個時期：第一個時期是小詞的時期，以晏殊、歐陽修、晏幾道諸人爲主幹；第二個時期是慢詞的時期，以柳永、秦觀諸人爲主幹；第三個時期是詩人的詞的時期，以蘇軾、黄庭堅諸人爲主幹；第四個時期是樂府詞復興的時期，以周邦彦、李清照諸人爲主幹。」與後來的文學史相較，中國詞史大綱没有「婉約派」「局限於個人趣味」、「豪放派」「關注國家社會」「積極入世」一類意識形態評論語言，更顯學術性的單純。

趙景深著宋元戲文本事，北新書局一九三四年出版，但其完成於一九二三年六月。這是對宋元南戲研究的篳路藍縷之作，其開闢之功永耀史册。作者在自序中説：「這一本小書的目的是想把已佚的宋元戲文輯録出來，作爲研讀中國文學的一個參考；爲了恐怕專載佚文太枯燥，斷簡殘篇湊在一起也令人有丈二金剛之感，於是也附一點本事，把殘文貫串起來，使得讀者看這一本書不像是摹（即『摩』）挲古董，而像是在讀幾篇很有趣味的短篇小説。」

書共九章，輯自南九宫譜、新編南九宫詞、雍熙樂府、九宫大成南北詞宫譜，内容包括：一、王焕和王魁；二、陳巡檢梅嶺失妻；三、四種戀愛戲文；四、王祥卧冰；五、黄周兩孝子；六、江流和尚；七、僅存三五曲的元代戲文；八、僅存兩曲的元代戲文；九、僅存一曲的元代戲文。

中國戲劇小史，周貽白著。周氏生於一九〇〇年，卒於一九七七年，是著名中國戲曲史家和中國戲曲理論家，還曾經創作並演出話劇作品三十部上下。他首先提出並詳細論證中國戲曲的三大聲腔源流——崑曲、弋陽腔和梆子腔，厥功甚偉。他於一九三六年出版中國戲劇史略和中國劇場史（商務印書館），中國戲劇小史乃在前二書基礎上再加補充修訂，於一九四六年由上海的永祥印書館印出。後來又出版中國戲劇史（一九五三）、中國戲劇史講座（一九五八）、中國戲劇史長編（一九六〇），以及遺著中國戲劇發展史綱要（一九七九），都是以中國戲劇小史爲基礎的。

中國戲劇小史共八章：一、中國戲劇的形成；二、唐宋的戲劇；三、南戲與北劇；四、明代戲劇的概況；五、崑曲與亂彈；六、皮黄劇的勃興；七、文明戲與話劇；八、中國戲劇前途的展望。今天的讀者，要了解中國戲劇發展的歷史，當然有後來居上者的書可讀，但前驅者的貢獻也是不容抹殺的。中國戲劇小史的意義就在這裏。

中國小説的起源及其演變，正中書局（陳果夫一九三一年創立於南京）一九三四年出版，作者胡懷琛。胡氏生於一八八六年，卒於一九三八年，一九三二年被聘爲上海市通志館編纂。他搜集整理一批上海地方史志珍貴資料，卓有貢獻。其藏書以詩文集和課本爲特色，如三字經、百家姓、千字文、千家詩等，收集齊全，劉鶚稱其爲「三百千千」。收集外文書籍和少數民族作者的漢文詩集一千餘種，可惜其藏書在抗戰時多半被日寇炸毀。一九四〇年，其子胡道静將殘餘之書捐獻給了震旦大學。

中國小説的起源及其演變共六章：一、本書説到的範圍；二、小説的起源及小説二字在中國文學上的涵義之變遷；三、中國小説「形」的方面的演變；四、中國小説「質」的方面的演變；五、現代小説；六、研究中國小説參考的書目。第一章開宗明義：「本書所講的，只有兩件事情如下：（一）是中國小説的起源，與小説二字涵義的變遷。（二）是中國小説的演變，並現代小説的標準。」

研究小説者歷來推崇魯迅的中國小説史略和胡適的中國章回小説考證，那自然是開山的典範之作。其後錢静芳小説叢考、蔣瑞藻小説考證等也都功力深湛，卓然有成。本書算得上是一册史論相結合的小説研究著作，在中國小説研究的歷史進程中，雖然不如上述幾種著作那麽經典，却也有其歷史的價值和意義，從「可讀性」來説，則更占優勢。如此書説到中國小説的歷史變化，通俗易懂而能切中肯綮：「由古代的傳説在口上，演變成寫在紙上，這是一變。宋代的説話勃興，這是第二變。宋人的話本，由説給人家聽的，變爲直接給人家看的，這是第三變。紅樓夢、儒林外史等，只是寫的，不是説的，這是第四變。然而『説』和『寫』，仍是同時候存在的，决不是變成後者，前者就消滅了。只不過互有盛衰而已。」

此外説到的一些情況，也頗能讓我們對於歷史的演變，有一種親切的感知。如：「在民國前一二年，有周作人譯的域外小説集，是用文言譯西洋的短篇小説。不過是大失敗了。這失敗並非域外小説集自身不高明，只是和那時候的讀者程度相差太遠。第一不歡喜讀這種無頭無尾的短篇小説，第二不歡喜讀平淡無奇的故事，第三不歡喜這種比較生硬而樸質的文言。結果，這部書當時幾乎没有人知道。」

書評研究，商務印書館一九三五年出版。作者蕭乾生於一九一〇年，卒於一九九九年，是著名翻譯家、作家、富有傳奇色彩的二戰記者，畢業於燕京大學新聞系，後去英國劍橋大學任教並讀碩士學位，一九四三年領取了隨軍記者證，正式成爲大公報的駐外記者，也是二戰時期歐洲戰場的唯一中國記者，一九九五年中國作家協會授予其「抗戰勝利者作家紀念碑」榮譽。三百二十萬字的蕭乾文集包括小説、散文、特寫、回憶録等，譯作莎士比亞戲劇故事集、好兵帥克以及與夫人文潔若合譯的尤利西斯等更是影響巨大久遠。

隨着近現代出版業的發展，書評也逐漸增多，但對這種新型的文學批評樣式作正式的研究，書評研究可以説是拓荒之作。書共八章：一、序論；二、書評家；三、閲讀的藝術；四、批評的基準；五、批評的藝術；六、書評的寫作；七、書評與讀書界；八、附録。此書的核心思想是，書評是有益於社會的嚴肅工作，書評家是具有特殊身份的知識者，代表讀者的鑒定者，文化生産的監督人，而不是庸俗、獻媚的商業廣告商。如：「一切批評都必須基於清澄的理解。批評的公允實即理解深澈的反映。」「書評家寧可改業廣告，永不可用批評的地位作兜售的營生。」「對讀者他服務，却也不侍奉如奴隸。他把讀者看成智力的平等者。他並不武斷地强迫讀者接受他的意見，也不賣弄學問如一塾師。讀者的好惡是受風氣支配的，但他不追隨那風氣，他不固執，却有信仰。」無疑，即使在今天，書評研究仍然有牠的現實針對性和意義。

清代詞學概論，上海大東書局一九二六年出版。其作者徐珂生於一八六九年，卒於一九二八年，爲光緒舉人，袁世凱天津小站練兵時的幕僚，一九〇一年任上海外交報、東方雜誌編輯，後爲商務印書館編輯，其所編纂的清稗類鈔是享譽學林的文史巨著。

清代詞學概論共七章：一、總論；二、派別；三、選本；四、評語；五、詞譜；六、詞韵；七、詞話。作者雖入民國，而其傳統文化教養的底色，濃郁深厚，迴非後來人可比。故此書行文，爲優美洗練的文言，而其對清詞演變脈絡的勾勒，代表性詞人的品評，乃至資料的選録等，都有「個中人」的真知灼見，可謂言簡意賅，高屋建瓴，非後來研究者搬弄西洋「範式」敷衍成文者可及。無疑，此書可列入「學術經典」的行列，不像本選集大多數作品具「過渡轉型」之身份色彩也。

如清代詞學概論評騭「清初之詞」的代表作家，「最著者」爲朱彝尊、陳維崧，「兩人並世齊名」，而前者「情深，所作詞高秀超詣，綿密精美，其蔽爲餖飣」；後者「筆重，所作詞天才艷發，辭鋒横溢，其蔽爲粗率」；「繼之而起名重一時者，實惟納蘭容若。門第才華，直越北宋之晏小山而上之，其詞纏綿婉約，能極其致，南唐墜緒，絶而復續」。再如説清詞之派別：「有清一代之詞，有二大别：一浙派，一常州派，亦猶散體文之有桐城陽湖二派也。」這些基本的定位，都成了後來各種文學史、清詞史祖述的圭臬。再如書中説到「才人之詞」、「學人之詞」、「詞人之詞」的三分法，也直搗黄龍，揭示本質，對後世影響深遠。

韓柳文研究法著者林紓生於一八五二年，卒於一九二四年，堪稱是一位清末民初的文化奇人。他是桐城派散文的殿軍，一點不懂西洋語言文字，僅憑聽人口述，把一百八十多種西方小説翻譯成漢語，成爲向古老中國介紹西方文學的開山人。「林譯小説」，曾經是好幾代人的最愛，用文言表述的漢譯西方小説，成了中西文化交流史上一道奇异的瑰彩。

韓柳文研究法亦是文言文著作，對韓愈和柳宗元的多篇古文逐一評論，細緻深入，作者所持觀點立場，則完全是傳統的儒家思想體系和桐城派衡文的法眼，完全不見西學影響的痕迹。此亦可見所謂民國時段之文化形態，新舊雜陳，多元豐富也。

前有馬其昶（一八五五——一九三〇）短序，馬氏乃桐城派後勁，清史稿之「儒林」、「文苑」卷總纂。其序説與林紓「同客京師，一見相傾倒，别三年，再晤，陵谷遷變矣。而先生著書談文如故，一日出所謂韓柳文研究法見示」。所謂「陵谷遷變」，即指清朝滅亡而民國建立，韓柳文研究法於一九一四年由商務印書館出版，則此書或峻稿於清季。馬其昶贊美林紓「於史漢及唐宋大家文，誦之數十年，説其義，玩其辭，醰醰乎其有味也」。林紓於韓愈、柳宗元的古文沉浸涵泳，所謂「韓氏之文，不佞讀之二十有五年」，則其所得所會，自然和後來接受了西方文藝思想的研究者，無真賞而僅「分析批判」所見大爲不同。

如林紓這樣評析韓愈的文章寫作技巧：「韓氏之能，能詳人之所略，又略人之所詳。常人恒設之籬樊，學韓則障礙爲之空。常人流滑之口吻，學韓則結習爲之除。漢所謂摧陷廓清者，或在是也。」「韓文能抑絶掩蔽，不使自露。不佞久乃覺之。……不善學者，往往因蔽而晦，累掩而澀。……所難者，能於掩蔽中，有淵然之光、蒼然之色，所以成爲昌黎耳。」

再如評柳宗元：「柳州段太尉逸事狀，與昌黎張中丞傳後叙，均洋洋有生氣，亦皆良史之才也。不佞甚惜柳州不爲史官，其寫忠義慷慨處，氣壯而語醇，力偉而光斂，可稱極筆。」「若公在永州，一荒昧不辟之區，必待糞除，其勝始出。是永州之勝，均係諸公之一言。則非極力描摹，山容水態，亦不易流傳於藝苑。集中諸文皆佳，而山水之記，尤爲精絶，雖大同小异，然各有經營。韓公猶望而却步，何論其他。」

文學論略，章太炎著。章太炎生於一八六九年，卒於一九三六年，太炎是號，名炳麟，在小學（語言文字學）、歷史、哲學、政治方面都有卓越貢獻，乃近代的國學大師。我的業師姚奠中先生是章先生最後招收的研究生之一，把對文學論略的評介作爲這一個系列學術著作的「收官」，格外具有意味。

文學論略首發於一九〇五年的四川學報（未完），一九二五年上海的群衆圖書公司出版，一九二六年再版，後來又成爲國故論衡的一部分。文學論略前面有胡適的一篇序，其中的一些話很有意味：

這五十年是中國古文學的結束時期。做這個大結束的人物，很不容易得。恰好有一個章炳麟，真可算是古文學很光榮的結局了。章炳麟是清代學術史的押陣大將，但他又是一個文學家。

他是能實行不分文辭與學說的人，故他講學說理的文章都很有文學的價值。

但他究竟是一個復古的文家。他的復古主義雖能「言之成理」，究竟是一種反背時勢的運動。

總而言之，章炳麟的古文學是五十年來的第一作家，這是無可疑的。但他的成績只夠替古文學做一個很光榮的下場，仍舊不能救古文學的必死之症，仍舊不能做到那「取千年朽蠹之餘，反之正則」的盛業。他的弟子也不少，但他的文章却没有傳人。

文學論略開宗明義：「何以謂之文學？以有文字，著於竹帛，故謂之文；論其法式，謂之文學。凡文理，文字，文詞，皆謂之文；而言其采色之焕發，則謂之彣（讀『文』，文采之意）」。這裏的核心思想，即文、史、哲不作絶對區分的「文學」觀念。而這一點，正是中國文化的根蒂，與西方講究分科別類的「科學」文藝學大異其趣。從表面看來，如胡適所批評，章太炎的這種文學觀是「復古主義」，「反背時勢」。胡適在序言結尾説：「章炳麟在文學上的成績與失敗，都給我們一個教訓。他的成績使我們知道文學須有學問與論理做底子，他的失敗使我們知道中國文學的改革須向前進，不可回頭去。」

以五四新文化運動爲起始標誌的「白話文」運動，正是沿着胡適的主張發展前行的，魯迅的「拿來主義」主張也主宰了整個二十世紀的中國文學和文化的走向。我們所評介的民國學術著作，絶大多數也體現了這個方向和主旨。但問題並不是單一的，歷史也是復雜的，如今我們回顧反思，在肯定胡適所説「改革必須向前，不可以回頭去」的歷史合理性一面的同時，也必須正視章太炎的文學主張，蘊含有更深層的中國傳統文化之精義奥旨，而且隨着人類文化在二十一世紀出現的困境，越來越具有啓示意義。單從對文學的認識來説，章太炎標榜的文、史、哲大會通的中國傳統文化的根本立場，也是有其文化深刻性和現實針對性的。

因此，對民國長達四十年時段的學術著作及其體現的思想方向，也不能簡單化地對待，忽視其所體現的歷史走向必然性與新價值的合理性是不對的，過分拔高推崇也有所偏頗。畢竟，那是一個「過渡」、「轉型」的時期，其多數學術文化著作也必然帶有「過渡」、「轉型」的色彩，是「進行時」和「未完成時」，距離「經典」尚有距離。從戊戌變法到辛亥革命到五四運動，一直到一九四九年，泛民國時段（包括其醖釀鋪墊時期）之中國現代化歷程從肇始而前行，歷經曲折，其激烈變化之歷史空隙中艱難産生的學術文化，有其大膽引進勇敢開拓而攝人心魄的一面，也有其嘗試而稚嫩、外來與傳統磨合不甚相契的一面。近世之社會轉型文化轉型乃大勢所趨，民國的學人們做出了艱苦的努力和卓越的貢獻，如何能在吸取世界其他文明滋育的同時，又能使中國傳統文化精粹得以恢弘發揚，再造輝煌，此正民國以來直至今日，中國知識界文化界苦苦思索探尋而歷久彌新之時代課題！

正是在這個意義上，民國的學術著作，這些體現了當日中國文化精英思考、研究、探索中國的社會與國家之現代化轉型的成果，其中的材料等或已經是舊痕陳迹，而其所思考的問題，所探索的思路，所提出的設想，以及這些著作本身的種種成就和不足，對於今天的中國現實，仍然具有攻錯借鑒的意義。他山之石，可以攻玉，何況此本非他山之石，正我山自有之石乎！

欲滅其國族，必先滅其文史。民族的歷史，特别是文化史、思想史、學術史，誠乃一國一族之精魂慧命之所在所基。當年日本侵略者之所以轟炸商務印書館與東方圖書館者，正深諳此理也。而商務印書館鳳凰涅槃浴火重生之艱苦奮鬥，亦未稍懈於斯。

民國語文，也在「轉型」途程中，這些學術著作的文風，大多是一種「尚存文言痕迹的白話文」。今天的青年讀者閱讀起來，也許會有异樣的感覺，但也可謂别具一種風味。而此二十三種著作的作者，絶大多數爲南方人，如浙江、江蘇、湖南、福建等省份，這些著作又大都在上海出版，由此亦可見民國時期文化發展的大情勢。這二十三種著作的二十位作者，當其撰寫著作之時，應該説彼此質素、學養都相差不遠，而其後之發展結局，則有的著作等身成爲大家大師，有的則後勁不足而逐漸湮滅少聞，固然各人機遇運會不同，而個人心志的堅持和努力之有無强弱，無疑是最主要的因素。對今日之學人特别是青年，不也很有啓發意義嗎？

潛入歷史的塵霾中排沙簡金，而選擇出此二十三册著作，並非筆者所爲，因而對此種簡選是否即能代表民國時期文學研究的大體大略，實亦不敢斷言，滄海遺珠或在所難免。而忝膺爲此編叢書作序的重任，惶恐之意，自不待言，管窺蠡測，亂彈胡侃，尚祈盼海内外方家不吝指教。但披閲這些先賢的著述，恰如驀然回首，向幽深的夜，重新點燃支支老紅燭。「紅燭啊！是誰制的蠟——給你軀體？是誰點的火——點着靈魂？」（聞一多紅燭）

點點燭光，明輝熠熠，回顧往昔，瞻望將來，道一聲：願我們的中國，鑒古灼今，發揚傳統精華，吸取五洲營養，漸進改革，持續開放，醒獅昂首，闊步奮行，前程佳美！

二〇一四年四月一日於大連

作者簡介

顧彭年，生卒年不詳。一九二〇年左右一度活躍在文壇與學界，然此前後，則鮮有文字記載。其活動，主要見諸三個方面：一是新詩的翻譯與創作；二是市制的介紹與推廣；三是杜甫的研究與撰作。顧彭年既有西學專長，國學根底同樣深厚，尤以杜甫研究見稱。其有感于「文藝之園的荒蕪，青年作家思想的浮泛，民族精神的衰萎頹唐」，乃往溯杜甫，希望從其人格與作品中，獲取「民族的精靈」的知識。

序

這篇的原稿，僅有萬五千字，是去年我在杭州時匆匆作成的，預備投小說月報非戰文學號。五月中脫稿後即郵寄給小說月報主任鄭振鐸先生，惟自問尚多疎漏之處，最不愜意的地方，便是第二章杜甫傳，是前人的刻板文章，缺乏活活的生氣，對於他的戰爭的經歷與觀察，他的非戰思想的背景，及牠的變遷的歷程，都很少敍及。當這稿子寄出後，便自悔猛浪。七月間到了上海以後，由鄭先生處索回原稿，握管修改，後因旁的職務把牠擱淺下來。迨江浙戰爭發生後，作者對於戰爭的惡魔的面龐益認識清楚，這位大詩人的非戰作品也就愈加湧現在我的腦際了，但因戰爭的驚擾，屢次遷徙，心如蝴蝶，如浮萍，飄蕩無定，不克專心於此，直到逼近年節，始把牠修改好，字數已比初稿增加了一倍半以上。小說月報十五週紀念特刊中國文學研究號，鄭先生本預先約我做一篇文字，所以我便把牠改投在這專號上聊以塞責。現在中國文學研究號快要出版了，我把這文稿整理了一遍，編成這本小册子。

牠對於治國學的方法及杜詩的研究，雖或不無些微的供獻，但自知尚多漏略的地方，不得不向讀者道歉的！

這裏我當特別謝謝鄭先生，因爲他替我糾正了好多處。

民國十四年九月十六日

杜甫詩裏的非戰思想

目次

杜甫詩裏的非戰思想

第一章 緒言

杜甫是爲我國最少數的不朽的詩人之一，他的詩歌深鐫在我們民族的心上，如無終盡的活活的泉水，涓涓不息的在我們民族的心裏流溢出牠們所吐的光華（註一）同雲間的日月的光華一樣的皓亮亙古的照耀着我們。誠然的，他們的詩歌在我們民族的心裏是已取得永久的地位了。（註二）凡愛他弔他推尊他頌贊他思慕他崇拜他爲他繪像，做傳記與年譜（註三），及爲

（註一）韓愈調張籍詩云：『李杜文章在，光焰萬丈長。』宋戴復古杜甫詞結末說：『名如日月光天壤。』又清嚴光肇的絕句：『世間爝火同消隕，落落星辰萬古垂。』

（註二）清仇兆鰲杜詩詳註云：『杜公精靈，千載不沒；誦花卿歌，而痊久瘧之人；解八陣詩，而入眉山之夢；宋時病夫目不知書者，忽吟子美詩句——見於程叔子之紀述。』又云：『四月十八日遊草堂者，從來不逢陰雨——得之於蜀父老之傳聞。』

（註三）歷代註杜者，不下數百家，分類千家註所列姓氏，也有百五十家之多；其中最稱完善者，爲王嗣奭的杜臆與仇兆

他的詩歌註釋的人之多，在我們的民族之中，恐怕沒有第二個詩人能比得上他。過他的故宅別居者，莫不欲周尋遍探，雖斷石頹垣，視之若精靈之所寄，而肅然起敬；經他的墳墓祠堂者，莫不念及他的身世，爲之憑弔欷歔，躑躅徘徊而不忍捨去；至他足跡所踐之地，見他所題的詩者，莫不流連忘返。以他爲宗師的詩人，更是推尊他，頌贊他，將「詩聖」「詩神」與「詩人師」的徽號（註一）加在他的身上。

杜甫的詩歌，所以足以感動我們民族，幷深印在他們的心裏者，古來有種種解答。有專從杜甫的詩的藝術上及品質上觀察者，其代表人物，爲唐元稹與宋秦少游。元稹的唐故檢校工部員外郎杜君墓係銘云：

鰲的杜詩詳註等。宋人作杜甫年譜傳世者，有蔡興，呂大防，宗訔訔，趙子櫟，黃鶴數家；明清有單復，錢謙益，朱鶴齡，顧宸，仇兆鰲等。

（註一）楊誠齋推杜爲詩中之聖；陳獻章在他的詩裏也稱杜爲詩中之聖。王元美稱杜爲詩中之神。宋李綱詠杜子美云：「嗚呼詩人師，萬世誰爲亞。」

「余讀詩至杜子美而知大小有總萃焉。……然而莫不好古者遺近，務華者去實；效齊梁則不逮於魏晉，工樂府則力屈於五言；律切則骨格不存，閒暇則纖穠莫備。至於子美，蓋所謂上薄風雅，下該沈宋，言奪蘇李，氣呑曹劉，掩顏謝之孤高，雜徐庾之流麗，盡得古今之體勢，而兼文人之所獨專矣。使仲尼攷鍛其旨要，尙不知貴其多乎哉？苟以爲能所不能，無可無不可，則詩人以來，未有如子美者。」

少游的進論云：

「杜子美之於詩，實積衆流之長，適當其時而已。昔蘇武，李陵之詩長於高妙，曹植，劉公幹之詩長於豪逸，陶潛，阮籍之詩長於沖澹，謝靈運，鮑昭之詩長於峻潔，徐陵，庾信之詩長於藻麗；於是子美窮高妙之格，極豪逸之氣，包沖淡之趣，兼峻潔之姿，備藻麗之態，而諸家之作所不及焉。然不集諸家之長，子美亦不能獨至於斯也，豈非適當其時故耶？孟子曰：「伯夷聖之淸者也，伊尹聖之任者也，柳下惠聖之和者也，孔子聖之時者也。」孔子之所謂集大成，嗚呼，子美亦集詩之大成歟？」

仇兆鰲評禛所云究無異於詞人，不可謂深知杜者（註一）。他這話據我們看來，自然說得很確當，因爲杜甫成爲不朽的詩人，與他的詩歌最能感動我們民族的原因，決不是完全在風骨的高峻氣力的雄厚，聲律的調洽詞句的精妙勁健，及其他一切藝術與詩品上的優越能爲詩壇上的盟主。少游雖揭出杜甫能集詩的大成，由於適當其時；但他所說的「時」，據我臆測是「時機」的「時」，並非「時代」的「時」，與孟子所說「孔子聖之時者也」的「時」字——此當作「適合於時」的「時」字解——亦有差別；而且他祇着意於他的詩品——比藝術爲尤甚——而對於他的實質與內容——就實際上說來，這是比那藝術詩品尤其重要的多——他卻未曾注意到，（這也許是爲以前我國一般文藝的評論者之通病）所以也不能算做知言。

再有專從他的人格上觀察者。人格原是個抽象的東西，牠好像空中的樓閣月宮的殿宇，祇從想像的鏡中照映出，而這面想像的鏡，又免不掉爲主觀的見解的屏障所蔽，所以便是從想像的鏡中所照映出的影子，也難保有純粹的眞實性。以前一般受舊禮教的洗禮的先生們，憑着他

（註一）見仇兆鰲杜詩詳註序。

們自己的傳統的主觀的見解，以爲忠孝大義的德性，是人格最高的峯，是天地間的精靈，可以感風雨而泣鬼神，所以他們穿鑿附會，說什麼「忠君愛國，每飯不忘」（見清陳文燭重修瀼西草堂記）什麼「忠信根肺腑，姓氏動明皇。」（見清葉吟杜子美草堂題句）什麼「二毛猶在蜀，一字不忘唐。」（見清徐增續杜少陵詩） 用以贊美這位詩翁，以爲他們心中所想像的他的人格。我們知道人格果爲詩人成就的核，世間有許多詩人所以能垂名於萬代不朽者，人格實占其半，杜甫恐怕也要如此。但這位詩翁的具體的人格，斷不是這一般受舊禮教的洗禮的先生們所能想像到的。再有能撇去那樣陳舊的見解而別樹一旗幟者，爲宋孫僅。他在讀杜工部詩集序中說：

『五常之精，萬象之靈，不能自文，必委其精，萃其靈於偉傑之人，以渙發焉。故文者天地眞粹之氣也，所以君五常，母萬象也。……洎夫子（指杜甫）之爲也，剔陳，梁，亂齊，宋，抉晉，魏，瀦其淫波，遏其煩聲，與周，楚，西漢相準的。其夐邈高聳，則若鑿太虛而噭萬籟；其馳驟怪駭，則若仗天策而騎箕尾；其首截峻整，則若儼鈎陳而界雲漢，樞機日月，開闔雷電，昂昂然神其謀，挺其勇，握其正，以高視天壤，趨入作者之域，所謂眞粹氣中人也。』

僅心中所想像的這位詩翁的人格，比徐增等心中所想像的，當然要高超的多；他尤注意到他的藝術的超凡，詩品的奇偉與兀特與崢嶸。但他若同仇兆鰲與王安石一比，他的言論又未免太浮泛而不切於事實了。

仇兆鰲與王安石同以上幾家的評論特殊的地方，在乎對於這位詩翁的想像的人格——尤其是王安石的——曾經一番精密的觀察，所以同眞正的杜甫的人格，雖不似小像之畢肖於原形，卻也不亞畫家所狀描之人物，且他們注意到他的時代的背景，他的身世，及他的詩歌的內容，試先讀仇兆鰲杜詩詳註序裏的那一段：

『甫當開元全盛時，南遊吳、越，北抵齊、趙，浩然有跨八荒，凌九霄之志；既而遭逢天寶，奔走流離，自華州謝官以後，渡隴客秦，結草廬於成都瀼西，扁舟出峽，泛荆渚，渡洞庭，涉湘潭，凡登臨、遊歷、酬知、遺懷之作，有一念不繫屬朝庭，有一時不痌瘝斯世斯民者乎？讀其詩者一一以此求之，則知悲歡愉戚，縱筆所至，無在非至情激發，可興可觀，可羣可怨，豈必輾轉附會，而後謂之每飯不忘君哉？』

我們對於這位詩翁，可以得到下列三種印象：（一）他的流離顛沛的身世（二）他的眞純熱烈的感情；（三）他的邃博的同情心。再看王安石的子美畫像，他說：

『我觀少陵詩，謂與元氣侔，力能排天斡九地，壯顏毅色不可求。浩蕩八極中，生物豈不稠，醜妍巨細千萬殊，竟莫見以何雕鎪。惜哉命之窮，顛倒不見收！青衫老更斥，餓走半九州，瘦妻僵前子仆後，攘攘盜賊森戈矛；吟哦當此時，不廢朝廷憂。常願天子聖，大臣各伊周；願令我廬獨破受凍死，不忍四海赤子寒颼颼，傷屯悼屈止一身，嗟時之人我所羞。』（下略）

這一幅的詩的畫圖，雖不過寥寥數筆運成的，卻把這位詩翁所處的時代的罪惡的斑痕，他與他的家庭因食時代之所賜，坎軻迍邅饑餓流離的苦況，他的浩沛的風骨與犧牲的精神，活活的逼眞的表現在紙上，我們不得不驚歎這位批評者的天才的偉大。數百年後灌漑着新文藝知識之泉的我們的目光，亦不能跳過他的視線的交點。

具體的說來，這位詩翁所以能如太空間的星辰熚熚煌煌垂暉於千春萬代而不殞滅，他的詩歌好像春風秋月永永能引起我們的心靈的感應者，他的藝術與詩品的超凡，果然爲其一種原因卻不是主因，其主因乃在他的文藝的眞實性他的詩歌裏所表現的思想並不似以前或他同時代的中國多數的詩人，爲幻想的靈的樂園，或頹廢的享樂主義，或縹緲而不切於人生社會的夢囈卻能代表時代的精神，表現他所處的惡劣的環境與他的反抗的精神，由此反映出他的完整的人格與個性。換言之，其主因在他能將他所處的時代的罪惡與弱點，由他自己豐腴的經驗與閱歷裏發現用他高妙的藝術，眞純的感情，沉痛的語詞，果敢大膽的繪寫出來，謳吟出來，同時袒露出他個人如何受時代的險濤的衝擊，至有鉅大的犧牲；幷他深邃熱烈的表同情於與他同舟的被幸福所擯棄的民衆，且爲他們大聲吸籲，那時代的罪惡與弱點是什麽？便是久長的戰爭寇盜的充斥鎭將的專橫，與兵制的腐敗。他的詩集裏滿載着社會的崩壞的寫眞，尤其是關於戰爭所蔓延的遺毒。在中國古代的詩人之中描寫此類的事的詳實眞切與沉痛，恐怕他要算首屈一指了所以他可稱做我國古代最大的反對戰爭的詩人，雖則在安、史之亂以前，及代宗的時代，他亦有鼓吹戰爭的詩——如投贈哥開府翰，送蔡希魯都尉還隴右因寄高三十五書記，高都護驄馬行，冬狩行，寄董卿嘉榮，陪鄭公秋晚北地臨眺，及諸將五首之一，之二等——這是因爲在安史之亂以前，他還沒曾親嘗得戰爭的痛苦的味道，到了代宗時代，胡虜壓迫殊甚，故引起他的反動。

我們所處的時代與杜甫的時代有不少的地方相類似：環境的艱險比他的有過之無不及；我們的兄弟所流的血淚所受的凌辱與壓迫與騷擾，比他的時代的人更甚但當今能代表時代的作品有幾？能眞切的表現自己所處的環境的佳製有幾？具有完整，聖潔，毅勇，偉大的人格而爲民衆呼籲的詩人安在？我們不能不太息現在文藝之園的荒蕪，青年作家思想的浮泛，民族精神的衰萎頹唐，使我們不得不往溯古代偉大的天才的作家，從他的人格與作品當中，得到些我們偉大民族的精靈的知識，稍解我們的渴望。所以我不揣固陋，很願意將他的詩裏的反對戰爭的思想，介紹於國人之前——由這些詩裏可以窺見他的高妙的藝術的天才，與偉大健全的人格。

第二章　杜甫傳

杜甫字子美，唐新詩運動家杜審言之孫。審言襄陽人，舉進士，官至修文館直學士，才高傲世，與李嶠崔融蘇味道爲文章四友，他們對於新體律詩的創造，都有功績，審言尤以五言詩與工書翰著。他的詩文嘗比屈宋，他的書跡『得合王羲之北面』（註一）。審言的兒子名閑，爲奉先令徙居杜陵而生甫。杜甫生於睿宗先天元年（當西元七一二年）他生時他的祖父雖已去世六年，但他祖父的英爽豪邁的氣概，娟麗飄逸的詩文，卻深映在他的童心裏；又從他的祖父所遺傳下來的特殊的藝術的潛能，使他在幼時卽聰穎異常，童七歲能握管作詩（註二）。窮窶不能沮阻他的勤奮好學的心，在髫齔的年華，他的智慧的囊裏已裝了無數的卷帙；曠代的詩人的成功，此時已深深的打了腳印，而他的如火的灼爍的雄心，敦促他猛浪的前進，前進。對於死板的文學的記號的不滿足，與遊歷的本能的展發，使他這位翩翩的少年的詩人，在弱冠年齡，暫離他的釣遊的故鄉，作郇瑕與吳、越的壯遊，他的晚年所作的壯遊詩裏，回憶當年遊吳、越時的情景道：

『東下姑蘇臺，已具浮海航，到今有遺恨，不得窮扶桑。王、謝風流遠，闔閭邱墓荒，劍地石壁仄，長洲荷芰香，嵯峨閶門北，淸廟映迴塘。每趨吳太伯，撫事淚浪浪，蒸魚聞匕首，除道哂要章。枕

（註一）他嘗語人云『吾之文章，合得屈宋作衙官，我之書跡，合得王羲之北面。』

（註二）壯遊詩云『七齡思卽壯，開口詠鳳凰。』

戈憶勾踐渡浙想秦皇，越女天下白，鏡湖五月涼，剡溪蘊秀異，欲罷不能忘。」

自然界的渾雄，靈異，秀美，歷史遺蹟的悲壯，累多，隨在足以激發他的跌宕豪放的志氣，拓展他的浩蕩寥廓的胸次，引起他的飄渺濃烈的詩趣，在他的浪漫的遊歷裏，一定產出不少的處女的作品，可惜現都失傳（註一）。後自吳、越歸，赴京兆貢舉不第，又出遊齊、趙，壯遊詩裏追敍此次的遊歷云：

「忤下考功第，獨辭京尹堂，放蕩齊趙間，裘馬頗清狂，春歌叢臺上，冬獵青邱旁，呼鷹皂櫪林，逐獸雲雪岡，射飛曾縱鞚，引臂落鶖鶬，蘇侯據鞍喜，忽如攜葛彊。」

他此時披輕裘，騎駒驪，獵獸弋禽，高歌着懷春的戀歌，在常人看來，簡直變做個紈袴的子弟，狂妄的少年，誰知道這是爲常態的血性的男子——尤其是貴族的少年男子——在生命的舞臺上所必演的一幕，他的健全的人格，與豪勇反抗的精神，即建築在那時的浪漫生活的基礎上。而藝術上的猛進，也爲此年青作家的一種愉樂與驕傲；他這時期內的詩現留存者雖不多——如望

（註一）仇兆鰲少陵逸詩小序說：「考公四十以前，有詩千餘首，其少年之作，所載已稀，而散逸之餘，於今難覯。」

嶽，登兗州城樓，題張氏隱居，劉九法曹鄭瑕丘石門宴集，與任城許主簿遊南池等幾首——但從這極少數的詩之中，可看出他的藝術的成熟，試讀望嶽：

『岱宗夫如何，齊魯青未了，造化鍾神秀，陰陽割昏曉。盪胸生曾雲，決眥入歸鳥，會當凌絕頂，一覽衆山小。』

及登兗州城樓：

『東郡趨庭日，南樓縱目初，浮雲連海岱，平野入青徐；孤嶂秦碑在，荒城魯殿餘，從來多古意，臨眺獨躊躇。』

牠們同他中歲以後所作的白帝樓登樓上白帝城等詩相比，在藝術上據我看來已分不出多大軒輊了，反而更覺得冲秀清新。總之他此時期的詩已脫離乳臭而變爲詩人的詩了。

他如此率性快意的漫遊，前後約有八九年，開元末，甫在洛陽旅居數載後，對於都市的生活的啞謎，始被他揭破了，那嘈嘈的喧鬧，擠擠的車馬，濃濃的酒，膩膩的味，盈盈的笑靨，密密的親昵，甜甜的言語，娓娓的恭維，對於他如刀刺一般，他的生活枯澀——厭倦了，他祇恐失去他的「自我」而與汙濁相厮溷，乃引起他做白雲，麋鹿，飛泉，靈巖的幽夢，他此時贈李白詩云：」

『二年客東都，所歷厭機巧，野人對腥羶，蔬食常不飽，豈無靑精飯，使我顏色好，苦乏大藥資，山林跡如掃，李侯金閨彥，脫身事幽討，亦有梁宋遊，方期拾瑤草。』

他要與這位謫仙偕隱。但他那種遯世的思想，不過似驕陽退落後一種美豔的錦霞的反映吧了，一剎那間，便卽消逝，而赤日一般的愛世救民的熱烈的火燄，依舊在他的胸腔間熊熊的燃燒着。

這樣危險而枯澀的都市生活的憎惡與恐怖，驅使他暫時離開洛陽，出遊齊兗，與李白，高適登臺懷古，酣酒賦詩，自然界的奇偉渾麗，與遊侶的情投意孚，盪滌淨他在都市中所染的抑鬱與惆悵，昔日的豪邁跌宕的氣概，如春筍遇着濛濛的甘霖，突然破土而茁。他此次浪遊所得者，與前兩次有別；除山川原野的秀色，古代偉人的遺跡軼事，弋禽獵獸，紈袴公子的生活樂趣，與一切自然界的神祕——月光柔波的密吻，山泉松風的隱語，天空海洋的微笑，奇巖絕壑的摟抱——外，他邂逅兩位英俊飄逸的曠代的詩人，這三顆文藝的明星團聚在一處，眞極千載一時之盛。

他如此漫遊了一二年，西歸長安，時在天寶四五載，始初幾年悒悒不得志，嗣進三大禮賦，詞采爛然，爲玄宗所賞，授以京兆府兵曹參軍。那時他少年的浪漫思想的高潮漸漸退落，人生社會現實的事相浮湧在他的腦際。諸楊的專寵淫靡，明皇的昏昧黷武，邊將的殘狠好戰，萬民的流離死亡，使他的久渟蓄着的熱情，如狂獅般瀑布的奔躍，迅雷般火山的爆裂，都反映在他的詩歌裏；麗人行，虢國夫人遊樂園歌，兵車行，前出塞，後出塞等作，或諷刺朝廷的淫侈，或反對君帥的黷武，都是那時代的產兒，而他在安祿山將反未反之際所作自京赴奉先縣詠懷一詩，諷刺幽怨，悲天憫人，兼吐出他同他的家人所遭的困厄，詞旨哀豔，而不失詩人的溫婉敦厚的風格，這是爲他最大的成功的作品之一；這首詩裏末一段：

『生常免租稅名不隸征伐撫跡猶酸辛平民固騷屑默思失業徒因念遠戍卒憂端齊終南，澒洞不可掇。』

很清晰的揭出他反對戰爭的意旨。

天寶十四載冬胡人安祿山反，十五載甫自奉先往白水，依靠舅氏崔少府，旋又從白水往鄜州。時賊攻破潼關，又陷長安，明皇倉卒奔蜀，太子肅宗卽位於靈武，甫得此消息，由鄜羸服奔行在，爲賊所得。是年十月房琯自請討賊，分軍爲三，他始以南軍及中軍與賊戰於陳濤斜大敗，士卒死傷約四萬人；又以南軍與賊戰於青坂，又敗，所以甫有悲陳陶，悲青坂之作。當他陷於賊中時，他變做人間被侮辱者之一，如何受凌辱與壓迫，他雖沒有告訴我們聽，然當他對着團圞的明月，遙念他的遠隔關山的愛妻弱子，回想他自己是隻不自由的孤兀的籠鳥，不得脫離樊籠，奔飛至鄜，致令鬟濕臂寒，魂牽夢縈，不禁神傷（註一）。那鳥語花香，蜂醉蝶舞的嬌豔的春色，非特不足以鼓起翩翩的濃烈的興致，反迫促他揮灑幾許沉痛的熱淚。春望詩云：

『國破山河在，城春草木深，感時花濺淚，恨別鳥驚心。烽火連三月，家書抵萬金，白頭搔更短，渾欲不勝簪。』

他赤裸裸的表白他那時覩物傷懷，憂亂思家的惡劣心情。當他一個人踽踽涼涼徘徊於曲江頭，回想昔年的綺盛，益覺今日的蕭條，而故宮黍離之感，如狂瀾般不可遏制，他只得對牠啜泣（註二）。

（註一）參閱月夜，一百五十夜對月等篇。

（註二）看哀江頭。

他度了十數個月愁雲苦霧的不自由的俘囚生活，到了至德二年孟夏脫賊赴鳳翔，謁肅宗於彭原郡，補了個左拾遺。未幾因上書救房琯，干怒肅宗，詔三司推問，張鎬救之獲免，墨制放還省家。久縈繫於懷的家鄉，此時得脫身買棹北歸，問候故鄉的山川風月，並得與許久睽隔的嬌妻愛子相晤聚，依常理測之，他必欣懌無似，抑知事實適與之相反；故鄉的山川風月，雖依然如故，而鄰里蕭條，家虛巷空，昔日絃歌之聲不復聞，祇聽得羣禽亂鳴，野老長吁，他對此景象，心懷裏益塡塞了酸楚與淒迷（註一）；尤使他痛心者，便是他的妻子的苦況，他們肌骨的消瘦，面貌的失神，髮膚的蓬垢，衣衫的襤褸，他見之於矜恤憐憫之餘，增添無限的精神上的頹喪與抑鬱（註二）。他同他的家人經短短的會聚，他又作翩翩的長征的孤鴻，因他於是年十月聞詔書再下，不得不即日束裝還長安。時與賈至，王維，岑參，共仕於朝，彼此以新詩相唱和（註三），很是相得，但他們相得不久

（註一）看羌邨三首。

（註二）看北征。

（註三）杜甫，王維，岑參，都有奉和賈至舍人早朝大明宮詩；甫更有送賈至出汝州，奉贈王中允維，及奉答岑參補闕見贈諸詩篇。

郎分離，甫罷諫官後出爲華州司功參軍，時在乾元元年六月；是年冬季，他離官往洛陽，洗兵行卽在此時作的。乾元二年三月，郭子儀等九節度之兵潰於相州，士卒殺傷無算，空缺急待補充，乃到處徵夫，雖雞犬不得安寧，人民騷擾不堪。當甫由洛陽回華州，道經新安縣，及陝縣之石壕鎮，目覩官吏宵夜往民宅捉人，他平時潛伏着的熱情至是如炸丸般觸物卽爆裂，爲那般被蹂躪被壓迫的人民作力竭聲嘶的呼籲，所以他有新安吏石壕吏之作，後一首竭力描寫官吏的兇暴，無異於豺狼，讀之眞能令人髮指！此外如新婚別無家別垂老別都是他那時諷刺戰爭暴露戰爭的罪惡的最有力量的不朽的作品。

甫自返華州後，因關輔飢亂，棄官西去，度隴至秦州，秦州卽今甘肅天水縣，爲唐朝的邊郡，與吐蕃接壤，石谷孤城，驚急頻報，羽檄屢飛，他目所接觸的多羌女胡兒，耳所聽聞的盡鼓笳之聲。他處在這樣驚風駭浪的環境之中。縱是個豪健奇偉的男兒，決難阻止悲悸的網幕的籠罩。何況此地的景象，又分外凄涼慘黯，靄靄的浮雲，如魔鬼般把光明的神吞噬下，只賸陰沉昏黑的遺體；刀一般銳利的寒風的咆哮，如山澤中的龍吟虎嘯，聞之眞令人毛髮悚然；瞿瞿的寒蛩的鳴唱，宛似昏夜淒清的喪鐘的悲聲，沙沙的黃葉的亂叫，哀婉無異乎輓歌，他對之能不悲愁！秦州雜詩二十首，足以代表此時期內的作品，牠們完全爲他的環境與他的心靈的攝影；詞旨的淒惋蒼涼，可與屈子的離騷相比擬。古戰場的朽骨蔓草，秦州東樓附近的驛道與烽火鼓鼙的頻作，又足以燃點他戰爭的殘酷的想像的燈，照到當年戰士的腦漿的迸濺，鮮血的漂流，刖股斷臂的慘狀，呼天動地的最後的呻吟，照到他們蒼顏皤髮的父母，倚着拐杖對門悵望，甚或因無人憑恃而轉死乎溝壑之中，他們愁腸百結的妻子，獨守空幃，暮暮朝朝，心飛玉關，夢遶邊城，永淪爲淚國中人，照到金戈鐵馬漢家的健兒，滔滔洸洸，彭彭央央，沿樓西驛道出發，葬身虎穴，征魂莫返。故此時他純粹變做反對戰爭的詩人；非戰之作，亦以此時期爲獨多。

他旅居秦州未久，卽遷往同谷縣，在同谷縣，他幾乎要餓死，祇得親自負薪采梠以度生。骨肉的離散，生活的艱難，又寄居荒山窮谷之中，跋涉險絕的硤潭嶺壑，使他胸腔裏醞釀着沉重的悲哀與怛惻，牠們都發洩於詩歌之中，同谷七歌，爲他生平最沉痛的絕唱，卽於此時創製。他羈旅同谷，爲期很短促，便遷移至四川成都，築室浣花溪，名曰草堂，翠篠紅渠，繞宅以生，賞花玩景，極幽人逸士之致，荒邨僻壤，更無烽燧之驚，比之以前，旅居於秦州，同谷，眞有天淵之判。故他此時多閒適之作，卜居，堂成，梅雨，爲農，田舍，江邨等篇，都是他幽居的，村野的，流連景物的自樂的生活。然他旣不是個逸樂主義者，惟目前的個人的安樂是圖，又不是個超世主義者，瀟然脫灑紅塵，寄身世外，而置家國時事於不顧，所以於和平的心流裏，又時時雜以悽愴嗚咽的聲調，如狂夫，野老，遣興，遣愁，泛溪，恨別，邨夜等篇，都爲家國時事而吁嗟啜泣，含無限的幽怨與沉痛的語調。百憂集行是他五十歲時作的，回憶他少年的壯健與無憂無慮的頑戲生活，如何喜悅，如何逼近樂園的生活，與如今潦倒的身世，爲饑寒所逼迫的生活相較，難免有今昔之悵觸，縷縷的愁緒，如紫羅藤般將久被風塵憂患所侵蝕的心扉纏住，這是他自訴身世的最沉痛的詩歌之一。

代宗寶應元年，甫送嚴中丞武還朝（註一），到綿州（註二），登越王樓懷古，胸次寬闊，一如他

（註一）甫有奉送嚴公入朝十韻，武亦有酬別杜二詩。

（註二）甫有送嚴侍郎到綿州同登杜使君江樓宴。

少年時遊歷吳越齊趙（註一）。在錦州不久，西川兵馬使徐知道反他轉避梓州，後歸成都迎家赴梓，在該州時曾遊歷射洪，通泉（註二）。是年冬十月王以雍王适爲兵馬元帥借兵回紇討史朝義，收復洛陽及河陽他聽得此消息，不禁破愁爲喜他的形骸雖在梓州，而他的靈魂已化作燕雀，翩翩的由巴峽下襄陽，飛歸他的故鄉——洛陽（註三）。但這不過從久昏黑的天地間透出一道愉悅之光，一刹那又被愁雲苦霧籠罩住。安史之亂，至代宗廣德元年雖完全平定，而鎮將擁兵跋扈，是年吐蕃大舉入寇陷隴右，代宗出奔陝州，吐蕃入京師，焚掠姦殺，宮室爲墟，瘡痍滿目；十二月吐蕃又陷松維保三州，國勢岌岌。時甫身雖在梓閬間，而憂國傷時與軫恤災黎之心不亞曩昔，他此時所作王閬州筵奉酬十一舅惜別之作，閬州東樓筵奉送十一舅往青城，驚急王命征夫，西山三首，巴山，遺憂，發閬中，傷春五首等詩裏，都表現出此種的情緒。是歲甫召補京兆府功曹以道阻不

（註一）請閱越王樓歌。

（註二）甫有早發射洪縣南途中作，通泉驛南去通泉縣十五里山水作，及通泉縣署後薛少保畫鶴等作。

（註三）見官軍收河南河北。

赴，欲辭巴下荊，適聞嚴武將至（註一），遂不果行。

廣德二年嚴武再鎮蜀，甫自閬州領妻子歸成都草堂，自閬州領妻子卻赴蜀山行三首，便繪寫當時途中淒涼的景象，畏葸的心理，與他自己飄零的身世。他歸成都正當啼鶯出谷，翔蕊飛林的晚春，紫藤迷徑，修竹亭立，手植的四松，幽色秀發，疎柯昂藏，往昔豢養的犬，見了久作客不返的主人歸來，搖尾乞憐，無奈精雅的草堂，已變作萋萋的綠草的領土，野鼠蜘蛛的殖民地，垣牆既穿，水檻亦欹，綠苔滿階，花尸遍庭，躑躅舊丘，見隣里亦已變了面目（註二），他對此荒蕪的景物，益觸起他漂泊的身世與衰老之喟感，但那樣的傷愴，他卻願意受的，因爲他此次歸成都，純爲他同嚴武交情摯厚，意氣素投，今武一旦再鎮蜀，按諸朋友之義，不得不扶翼他（註三）。

甫入嚴武幕中，武表他爲節度參謀檢校，工部員外郎，賜緋魚袋。在幕中他嘗陪武外出遊玩，

（註一）看將赴荊南寄別李劍州及奉待嚴大夫詩。

（註二）參閱四松，草堂，水檻，春歸等篇。

（註三）參閱將赴成都草堂途中有作先寄嚴鄭公五首。

飽飫自然景物盡燕敍之樂，武雖是個軍人，然亦能詩，兩人坐花醉月，琴歌酒賦，很是相得但幕府生活，不免心役神勞，又苦於拘束，所以他卽思作斂翮之鳥，歸返舊巢，怡情於山水田園（註一）。永泰元年歲首，他辭去幕府職歸草堂；是年四月嚴武病歿，他作詩以弔之，後又哀思他勿止。甫自代宗寶應元年以來，他生平的摯友，如李白，高適，房琯，鄭虔，蘇源明輩，先後去世（註二），他已感到寂寞，悲哀，今他的唯一的恩人與摯友，又先他而去世，自然益覺無聊，知最後的可怕的黑影的陰影，亦將臨罩着他。八哀詩便是他於此時前後所作的，其中除嚴武，李邕，蘇源明，汝陽王璡，鄭虔外，餘如李光弼，王思禮，張九齡三人，因光弼與思禮爲唐朝的名將，他們殺賊戡亂，撫綏人民，都有大功於國家社會，九齡亦爲開元年間的名相，進賢嫉邪，品質忠直，遇事力爭，爲國家的杜棟，到那時他們都已去世——光弼卒於代宗廣德二年七月——而外患方熾，內亂又作，武人擁兵割據，抗叛中央，暴戾營私，芻狗人民，對外則畏縮不前，徒事觀望，致吐蕃乘機內侵，長驅直入，絕少抵抗，坐使

（註一）參閱到郪，獨坐，春日江郪五首。

（註二）李白卒於代宗寶應元年；房琯卒於廣德元年；蘇鄭則都於廣德二年卒。

國家又淪於風雨漂搖之中；他盱衡時艱，益動哀思先賢之懷，故此詩實爲他那時的心的表象。此外如送韋諷上閬州錄事參軍，太子張舍人遺織成褥段，三絕句——『前年渝州殺刺史，今年開州殺刺史，……』——諸將五首，別唐十五誡因寄禮部賈侍郞等詩，都是諷刺軍閥，掊擊軍閥最有力的作品。

甫於武卒後一個月，率他的妻子，悄悄的離開成都，道經嘉戎（註一），至渝，忠（註二）。閏九月漢州刺史崔旰殺西川節度使郭英乂，邛州牙將柏茂琳，瀘州牙將楊子琳等各舉兵討旰，蜀中大亂。十月僕固懷恩誘回紇吐蕃雜虜大舉入寇，甫避亂於雲安，是年他卽在雲安度冬（註三），次年春移居夔州（移居夔州作中有『春知催柳別，江與放船淸，農事聞人說，山光見鳥情』句，可作

（註一）狂歌行贈四兄卽在嘉州時作。

（註二）甫有宴戎州楊使君東樓，渝州候嚴六侍御不到先下峽，題忠州龍興寺所居院壁等作。

（註三）有『今朝臘月春意動，雲安縣前江可憐』——十二月一日三首之一——之句作證。

爲實證。）他次於夔州約有兩年之久——曾寓居西閣，赤甲，瀼西，東屯（註一）——對於該處風俗民情也許比常人看得格外眞切，最能行一詩，繪寫夔人的生活，若非他的明慧的老眼，洞察他們的生活的全部，也能有如此逼眞？因爲他是個反對戰爭的寫實的詩人，所以更着意於兵燹後的災黎的生活狀況，最足以動他的悲憫的情緒者便是負薪行裏的鬢髮半華的四五十歲的處女，登危採薪，集市賣錢；與白帝詩裏的慟哭秋原的孤苦的嫠婦。此時他雖是位鬢髮蒼蒼的垂老的詩翁，而白帝，瞿唐，灩澦之雄險，赤甲，白鹽，巫峽之崢嶸，猶足以引起他的壯思，使他顫動出最動人的生命的回憶的渾雄與凄美的聲音——開元的黃金時代的熙熙洩洩的樂象，青春時期的輕裘肥馬的壯遊生活，與李高輩登吹臺懷古的豪放的情趣，胡馬犯闕，萬民喋血的慘狀，輾轉避亂的飢寒的苦況……一幕幕的都由他沉侵在蒼茫的暮景裏的心的舞臺上演映出（註二）。——

（註一）甫有西閣雨望，西閣二首，西閣夜，赤甲，瀼西寒望，自瀼西荆扉且移居東屯茅屋四首，東屯月夜，東屯北崦等作。

（註二）參閱昔遊，壯遊，往在，遣懷諸詩。

并得發揮他的未盡的藝術的天才，長篇的詩歌的創作以此時期爲獨多（註一）。

甫於大曆二年，本即欲出峽赴荆，湘，適吐蕃入寇，兩京戒嚴，故愆期至次年春始得買棹出峽至江陵（有大曆三年春白帝城放船出瞿塘峽久居夔府將適江陵漂泊一詩）秋移居公安（註二）是年冬晚由公安往岳州（註三），描寫兵燹後的賦稅的苛重，生民的窮困，最眞切動人的歲宴行，便此時產生。當晴光乍轉，卿雲爛熳的初春，他由岳至潭，在他久縈迴於夢寐中的洞庭之淵，出入浣，湘之浦，與帝子屈平爲伍，但這不過是一時快意罷了，而對於災黎的痛苦的矜憫，與他自己遲暮漂蓬的沉重的淒傷，如荆杞般始終在他悲哀的灰色的心田上蔓延着。大曆五年夏臧玠殺崔瓘據州作亂，甫夤夜竄奔（註四），入衡州，應舅氏之召（註五）而至耒陽，泊方田驛，暮秋舟下荆

（註一）如壯遊，秋日夔府詠懷奉寄鄭監李賓客一百韻等詩，八哀詩中有幾首亦於此時作。

（註二）移居公安山館詩，有『北風天正寒』語爲證。

（註三）參閱曉發公安詩。

（註四）見奉呈陽中丞，參閱逃亂，入衡州兩詩。

（註五）見入衡州一詩。

楚，方欲回秦，猝患風疾，卒於寓次，享年五十有九。有詩文集六十卷行世。

第三章　杜甫的時代

一個文學家總以時間與空間作他思想的背景；後一條在上面杜甫的傳裏已有說明，獨對於時間尙少敍及，本章與下章專述此一條：

一、政治情形與人民之經濟狀況

前章說過杜甫生於先天元年——卽睿宗傳位於玄宗之一年——卒於代宗大曆五年，這五十餘年中在政治與經濟上，可畫分爲四個時期：

第一個時期，自開元初年起至開元二十二年止；這是爲政治淸明，經濟昌裕的時期。玄宗是位很有才能的皇帝，當中宗被韋后酖死，他用先人奪人之策，起兵誅討韋氏及她的黨羽，迎睿宗復位了二年，他自己便卽了帝位，絕去嗜慾，崇尙節儉，寬賦役，平刑罰，一心一意要把天下治好。任用先朝的賢臣宋璟，姚元之爲相。璟善於守法持正，元之善於應變成務，他們協心輔政，隨材授任，用人一秉大公，刑賞亦沒有私見，於是綱紀肅然，百姓殷富，海內靖安。璟與張說倆，都能體恤士卒，不喜武功，璟曾抑制褒賞郝靈荃奪突厥王的頭顱的功勳，靈荃因之慟哭而死。說曾提議罷邊兵二十萬人，玄宗卒從他的獻議，他又目覩府兵之苦，建議召募壯士充宿衞，玄宗又從之。所以在玄宗卽位後二十年內，沒有久長的劇烈的戰爭；同吐蕃，契丹，不過有幾次小接觸罷了。那時人口繁殖，物價低廉，每斛的米，直錢不滿三百，絹匹亦如之，幾乎要到睡不閉戶，路不拾遺的境域；行旅者可萬里不持寸兵。杜甫的憶昔詩裏，追摩那時的民熙物阜云

「憶昔開元全盛日，小邑猶藏萬家室，稻米流脂粟米白，公私倉廩俱豐實。九州道路無豺虎，遠行不勞吉日出；齊紈魯縞車班班，男耕女桑不相失。宮中聖人奏雲門，天下朋友皆膠漆。百餘年間未災變，叔孫禮樂蕭何律。」

這眞可謂「政治上的黃金時代」了。

第二個時期，自開元二十二年起至天寶末年止——政治上由曚昧而入於昏亂，經濟上由昌裕而變爲窘匱的時期。所以以開元二十二年爲第一時期與第二時期的「分界線者」，因爲在這一年，玄宗始寵用李林甫，次年又册壽王妃楊氏，那便是政治上昏亂的起點。李林甫是個柔佞

多狡，口蜜腹劍的小人他做宰相至十九年之久，一味諂媚玄宗，以固其寵，對賢能之士必百計去之，張九齡等一輩良臣多被他排斥，一時「善類」爲空在朝者多半是他的腹心，邊將多半是他的爪牙。又專寵宦官高力士，楊貴妃之被召，便是由於他們倆從中慫恿旋斡。玄宗自寵愛了貴妃，不復以勵精圖治爲念日沉湎於淫樂的生活，驪山宴飲，淸華賜浴，曲江遊幸，瑤華寵駕，享盡帝王之艶福，服食器用，窮極奢華，金銀玉帛，視若糞土，分贈給諸楊，沒有限量。恐國用不給，乃任用酷吏王鉷，楊釗，韋堅等，苛斂百姓，於租庸調之外，歲增額外錢帛百億萬，貯於內庫，以供宴賜。又寵信胡人安祿山，使他兼平盧，范陽，河東三鎭的節度使，並得出入宮禁。又爲他起第，敕令但窮壯麗，不限財力，邸中陳設之富，雖禁中弗及。祿山生日，帝及貴妃賜予衣服寶器甚厚。杜甫自京赴奉先縣詠懷詩云：

『……蚩尤塞寒空，蹴踏崖谷滑，瑤地氣鬱律，羽林相摩戛，君臣留歡娛，樂動殷膠葛，賜浴皆長纓，與宴非短褐。彤庭所分帛，本自寒女出，鞭撻其夫家，聚斂貢城闕。聖人筐篚恩，實欲邦國活，臣如忽至理，君豈棄此物，多士盈朝庭，任者宜戰慄。況聞內金盤，盡在衞霍室，中堂有神仙，煙霧蒙玉質。煖客貂鼠裘，悲管逐淸瑟，勸客駝蹄羹，霜橙壓青橘，朱門酒肉臭，路有凍死骨，榮枯咫尺異，惆悵難再述。……」

便是狀述那時的這些事的。祿山性狡黠，善能迎合玄宗的意旨；他又欲以邊功市寵，故於天寶年間，曾屢次勞師動衆，征伐奚契丹。時玄宗也漸好開拓邊疆，屢屢遣邊將征伐吐蕃，南詔，契丹，前後戰死者約數十萬人（註一），人民的痛苦因之日有增加。會李林甫死，貴妃的弟楊國忠當國，國忠素與祿山有隙，他知祿山必反，屢次言於玄宗，玄宗不信，國忠以事挑撥他使他速反以取信於玄宗。祿山於天寶十四載十一月便反於范陽，陷洛陽，十五載他自稱燕帝。是年六月潼關爲祿山所破，玄宗倉卒奔蜀，次於馬嵬，國忠爲將士所殺，貴妃縊死，太子卽位於靈武，是爲肅宗。

第三個時期，自天寶末年起至代宗廣德元年止——政治上爲安史之亂，經濟上由窘匱而陷於恐慌的時期。此時期的國家，好像人患了癰疽，始則漸漸收功，繼又潰爛起來，此重症雖幸得收功而氣質已虛，精血已虧，他種病症隨之而入。自祿山反後，調天下之兵，竭天下之財以討之，初

（註一）參閱後面戰爭年表。

官軍累戰失利，哥舒翰一敗於潼關，房琯再敗於陳濤斜，致兩京都淪陷於賊將之手，祿山以橐駝運官中珍寶於范陽。他聽得往昔百姓乘亂多盜庫物，既得長安命大索三日，並將他們的私財盡掠去。至德二載正月祿山被他的兒子慶緒所殺，廣平王俶與郭子儀借回紇及西域之師合討賊，是年九月先收復西京，十月又收復東京。回紇兵入東京後大肆焚掠，意猶未厭，乃賂以羅錦萬匹，回紇兵始退。賊將史思明，高秀巖各以其所部降唐。亂事正要收束，那知史思明於乾元元年六月又造反起來。明年三月九節度使之師潰於相州，官軍殺傷者數十萬。上元二年史思明又攻陷河陽，懷州，於是勢益猖獗。幸虧思明攻陷河陽，懷州後不久——相隔不過匝月——即爲他的兒子朝義所殺，勢稍挫。寶應元年肅宗崩，代宗卽位，借回紇兵征討史朝義大敗之，收復東京與河陽。廣德元年正月，賊將李懷仙斬史朝義降唐，安史之亂，才告終束。

安史之亂，前後共九年，此九年內所演的種種的悲劇，與人民的經濟的艱窘，試看下列幾位當時的詩人的記載，便能知其梗概：

岑參行軍詩二首，狀述咸陽被賊攻陷後的慘況云：

「昨聞咸陽敗，殺戮盡如掃，積屍若丘山，流血漲豐鎬。干戈礙鄉國，豺虎滿城堡，村落皆無人，蕭然空桑棗。」

元結陳述唐鄧兩州亂後的實況云：

「荒草千里，是其疆畎，萬室空虛，是其井邑；亂骨相枕，是其百姓；孤老寡弱，是其遺人，」——請省官狀唐鄧等州縣官。

又痛陳道州罹災情形如左：

「當州被西原賊屠陷，賊停留一月餘日，焚燒糧儲屋宅，俘掠百姓男女，驅殺牛馬老少，一州幾盡。賊散後百姓歸復十不存一，資產皆無，人心嗷嗷，未有安者。」——奏免科率狀。

據元結的時議上篇所載，亂後兇勇之徒，散居四方者幾百餘萬，就中當然有不少流而爲盜賊者，他們烏舉烏合，狠爭虎鬭，到處寇犯州縣，劫民財貨，火燒廬舍，甚至擄掠婦女，屠殺老幼。又在賊退示官吏序中說：

「道州舊有四萬餘戶，經賊以來不滿四千，大半不勝賦稅。」

那所存者誠如他所云不滿十分之一了！試再看岑參的阻戎瀘間郡盜：

『南州林莽深，亡命聚其間，殺人無昏曉，屍積塡江灣，餓虎銜髑髏，饑烏啄心肝，腥裹灘草死，血流江水殷。夜雨風蕭蕭，鬼哭連楚山，三江行人絕，萬里無征船，唯有白鳥飛，空間秋月圓⋯』

益知當時匪盜的猖獗，法令殆必失其效用；這也許是爲兵戈後的一種必然的結果。

註：文獻通攷田賦攷云：『代宗寶應元年租庸使元載以江淮雖經民荒，其民比諸道猶有貲產，乃按籍舉八年租庸之違責及逋逃者，計其大數而徵之，擇豪吏爲縣令而督之，不問負之有無，貲之高下，察民有粟帛者發徒圍之，籍其所有而中分之，甚者十取八九，謂之白著，有不服者嚴刑以威之。有蓄穀十斛者，則重足以待命，或相聚山林爲羣盜，縣不能制。』

際此國亂如麻，神州淪陷之日，丁壯都拋棄正業，頻年在外從事討伐，老弱亦多被遣運輸軍餉（註一），百業因之停滯，故鄉與室家無暇兼顧。昔時稻栽芊芊，黍麥離離的綠茵似的原疇，現都

（註一）儲光羲的效古二首第一首云：『婦人役州縣，丁男事征討。』可知當時亦被遣服役，再請參閱杜甫的石壕吏。

叢生着荊杞；昔時桑竹藹藹，廬舍揔揔的經濟自足的村落，現都變作戰場與盜窟，孤兒嫠婦，啼饑號寒，流離道路，轉死溝瀆者所在都有。即幸而免於鋒鏑盜賊之禍？而又困於浩大的軍需的負擔，春陵行：

『軍國多所須，切責在有司，有司臨郡縣，刑法竟欲施。』

又在牠的序裏說：

『……到官未五十日，承諸使徵求牒二百餘封，皆曰失其限者罪至貶削。……』

國家出於此苛暴之勒迫，官吏爲免於罪戾起見，那得不要暴斂橫征：

『今彼徵斂者，迫之如火煎。』——賊退示官吏。

這是元結的很眞實而沈痛的話。人民那時已『朝餐是草根，暮食是木皮，』養活自己且不能，如何能勝任此種苛斂？

『巴人困軍需，慟哭厚土熱。』——杜甫的喜雨。

『誰知苦貧夫，家有愁怨妻，請君聽其詞，能不爲酸嘶；所憐抱中兒，不如山下麑，空念庭前地，他爲人吏蹊。出門望山澤，回顧心復迷，何時見府主，長跪向之啼。』——元結的貧婦詞。

那便可代表當時一般災黎的痛苦了。

第四個時期，自代宗廣德元年起至大曆五年爲止——政治上爲外患熾烈，武人跋扈的時期，經濟上民窮財盡的時期。安史之亂，國力已不能定，半賴外力，半賴其內潰而收恢復之功。安史的餘孽以地降唐者，便因其他命爲節度，如薛高田承嗣等竟兼領五六州地之多，他們握有土地。兵馬，財賦之權，任意蹂躪壓迫，驅使收括人民，對於中央的命令視之若草芥。邊鄙的守兵多撤回討賊，契丹，吐蕃見唐實力之不足，益輕視中國，利邊境留兵單弱，他們因之蠶食不已，到了代宗初年，陝西鳳翔以西，邠州以北的地方，都已淪沒。廣德元年，史亂雖平，外禍又接踵而至。是年十月吐蕃帥吐谷渾，党項氏，羌三十餘萬衆入寇。時代宗寵用宦官程元振，元振專權自恣，嫉妒諸將中有大的功勳者。當邊將告急，他都不以時奏。迨代宗下詔徵召諸道兵，李光弼等因忌元振，無一至者，坐待虜盡取河西隴右之地，進偪長安，代宗倉卒不知所措，出奔陝州，六軍潰散，吐蕃入長安，縱兵焚掠，殘破未復的長安城，又被搜索一空，後賴郭子儀之力擊退之。廣德二年僕固懷恩蹈安祿山，史思明的故轍也反叛起來，是年七月引回紇，吐蕃十萬衆入寇，不克而退。永泰元年九月，他再誘回紇，吐蕃，吐谷渾，党項，奴剌數十萬衆入寇。會懷恩中途遇暴疾卒，吐蕃，回紇爭長不睦，子儀單騎見回紇元帥，讓以背約助逆，回紇元帥自知曲在他，乃向子儀道歉，幷請與唐和，吐蕃聞此消息，便宵夜遁去。自後外寇雖稍稀，而武人擁兵自由割據殺奪，時聞自永泰元年起至大曆五年止，武人自相殘殺的把戲不知演了多少回，朝庭一味縱容他們，對於叛將匪特不加之罪，反以功報之節度使，留後等職往往便授予叛將——如漢州刺史崔旰殺西川節度使郭英乂，後卒以西川節度使之職畀旰，幽州將朱希彩殺其節度使李懷僊，後便以希彩知留後。此例一開，殺奪之舉益熾：

『天下郡國向萬城，無有一城無甲兵。』——杜甫的蠶穀行。

當時匪盜式的軍閥互相屠殺，眞有風起雲湧之盛，喘息未蘇，驚魂未定的人民，續遭鋒鏑之苦，徵調之擾，既不得解甲歸田，以救家中的久被饑寒所困圍的老幼，而又負擔比昔日加倍的苛稅（註一）他們的窮苦疲敝的狀況，比前兩個時期，當然尤甚了！所以杜甫的詩集中所描寫那時期的平

（註一）舊唐書云：『大曆二年十月減京官職田三分之一充軍糧，又十一月率百官京城士庶出錢以助軍。』又唐史稱

民生活，更悽苦得不堪設想了！試讀：

『歲云暮矣多北風，瀟湘洞庭白雪中，漁父天寒網罟凍，莫徭射雁鳴桑弓，去年米貴闕軍食，今年米賤太傷農，高馬達官厭酒肉，此輩杼柚茅茨空！楚人重魚不重鳥，汝休枉殺南飛鴻。況聞處處鬻男女，割慈忍愛還租庸。往日用錢捉私鑄，今許鉛鐵和青銅，刻泥爲之最易得，好惡不合長相蒙。萬國城頭吹畫角，此曲哀怨何時終？』——歲晏行。

從這首詩裏，便可以看出當時貧富苦樂的不均勻（朱門豪族，酒肉腥臭，一般平民，漁獵耕織，不足以維持他們自己的生活）徵斂之苛（致使他們鬻男典女，割慈忍愛以納租庸），及錢法之壞（致有惡錢攙入）。再讀：

『……繫舟盤滕輪，杖策古樵路，罷人不在郿，野圃泉自注，柴扉雖蕪沒，農器尙牢固。山東殘逆氣，吳楚守王度，誰能扣君門，下令減征賦？』——宿花石戍。

大曆四年三月遣御史稅商錢。而對於人民滋擾最甚者，厥惟青苗錢。青苗錢者，以畝定稅，不及秋苗方青卽征之，故名。此稅制自代宗廣德二年七月實行起。

知人民罷於征戍，田疇荒蕪，無人主理。此外如：

「夔州處女髮半華，四十五十無夫家，更遭喪亂嫁不售，一生抱恨長咨嗟。……十有八九負薪歸，賣薪得錢應供給，至老雙鬟只垂頸，野花山葉銀釵並，筋力登危集市門，死生射利兼鹽井。面粧首飾雜啼痕，地褊衣寒困石根。若道巫山女麤醜，何得北有昭君邨？」——負薪行。

又如

「石間采蕨女，鬻市輸官曹，丈夫死百役，暮返空邨號。聞見事略同，刻剝及錐刀，貴人豈不仁，視汝如莠蒿，索錢多門戶，喪亂紛嗷嗷；奈何黠吏徒，漁奪成逋逃。……」——遣遇。

都描寫亂離後的婦女的勞怨孤苦——處女愆期不嫁，婦人嫁而喪夫——又陷溺於貧窮的深淵之中；後一首益見當時征斂之苛，黠吏之殘忍無恥，祇知中飽，不顧民命。至如客從一首：

「客從南溟來，遺我泉客珠，珠中有隱字，欲辯不成書，緘之篋笥久，以俟公家須，開視化爲血，哀今徵斂無！」

益可見當時人民之困於徵斂。

當時的物價，比開元時代，也要高數倍至數十倍，長安地方，每斗的米升至千錢（開元時代最廉售過十五文）每匹的帛估錢二千以上，物價如此昂貴，那般無產階級，自然更難維持他們的生活了。

二、兵制。

唐因隋制廢郡存州，又因自然的形勢分天下為十道。初祇置巡察使以督察各州縣，到了玄宗天寶元年於邊陲要地添置了十節度經略使；安史亂後內地又遍置鎭府，每個節度使領有數州的甲兵，兼掌土地，人民，財賦，彷彿是封建時代的諸侯一般。又唐初襲用北周府兵制，設折衝府六百三十四關內有二百六十一，部隸屬諸衞，東宮六帥，分上中下三府：上府兵千二百名，中府千名，下府八百名。軍隊的組織：三百人為團，團有校尉；五十人為隊，隊有正；十人為火，火有長。每個人的兵甲糧裝有定數，平時輸之於庫，到了出征時始交給他。人民從軍的時期，自二十歲起至六十歲止。能騎射的人充越騎，其餘統為步兵。每年冬季折衝都尉帥以教戰。此項府兵除保衞地方外，每年更番，宿衞京師。這個制度是帶寓兵於農的色彩，人民在當兵期內；無事則耕於野，有事卽能執干戈以禦寇盜，等到戰事了結，分散於府，將則歸於衛；這樣人民除了當兵之外，得兼治生產，武臣也無跋扈之患，在理想上果然很是美滿，但在事實上卻又不然。太宗，高宗的時代，連年勞師動衆，開拓疆域，人民疲於征役，已感得府兵的苦痛，嗣後除從軍外，又加添許多雜徭，對於自己的農事，幾乎沒有功夫去治理，因此他們的生計非常艱窘。玄宗開元初年天下戶口逃亡者無算。張說目擊此種情形，所以在開元十年有請召募壯士充宿衛的建議。自他的建議實行了以後，府兵的徭役，當然減輕了不少，但卻未曾盡廢。次年冬始置長從宿衛，由府兵及白丁混合組織成，兵額十二萬，一年兩番，州縣毋得役使，十三年改稱長從爲彍騎，總十二萬人，分隸十二衛六番，後又改彍騎爲羽林飛騎，又分羽林置龍武軍。開元十六年頒布長征兵制，分五番，歲遣一番還家洗休。二十五年又召募丁壯長充邊軍，他們到了邊境以後罕有機會還鄉。所以杜甫的兵車行裏有『去時里正與裹頭，歸來頭白還戍邊』之歎。至天寶初年兵額達四十九萬，馬八萬匹，開元之前，供給邊兵衣糧的歲費，不過二百萬，天寶之後，以兵額逐漸加多，每歲用衣千二十萬，糧百九十萬斛，此不特加重人民的負擔，且增加他們的勞困與愁怨與痛苦。所以在這個時期內，產生了不少的關於從軍的詩歌——如李白的戰南城，塞下曲，關山月，擣衣篇，杜甫的前出塞，後出塞，兵車行，李頎的古塞下曲古從軍行，王維的隴頭吟，從軍行，岑參的北庭作，趙將軍歌，王昌齡的塞下曲，塞上曲，從軍行，代扶風主人答，趙徵明的回軍跛者，張渭的代北州老翁答，高適的塞下曲等篇，及其他詩人的詩，他們都替士卒與戍婦訴勞怨，莫不含有諷刺明皇的黷武窮兵的意思。因連年用兵之故，政府倚重武臣，他們的職權，因之增大，一個人兼數州節度使，竟成爲常例；如王忠嗣以朔方節度使兼河西，隴右，河東三節度使；高仙芝爲安西四鎮節度使；哥舒翰以隴右節度使兼河西節度使；安祿山以平盧節度使兼范陽，河東兩節度使，更兼左僕射，河北道採訪處置使等職。軍閥階級由是養成，他們對外既可任意用兵，乃不惜民命，連年徵召健壯的分子，使他們受饑寒勞頓之苦，與亡家之痛，越山過嶺，涉水渡關，置身於霜天雪地之間，寄生命於鋒鏑白刃之中，以立一己的勳績。又因武人兵權太大之故，卒釀成安史之亂。自祿山反後，長安，洛陽等處又大募兵卒，迨賊攻潼關，陷長安，玄宗奔蜀，朝庭調兵益急，人民強逼從軍。天寶以後，雖大徵兵，然尚能墨守三丁抽一制（註二）

（註一）參閱白居易的折臂翁。

至是此種定制早已失了效力。到了肅宗乾元年間，九節度使的兵在相州潰敗了以後，每況愈下，官吏甚至昏夜到人家的私宅捉人當兵（參閱杜甫傳），徭役及於老幼婦女（註一）。此後人民變爲軍閥的私產，任意被他們役使，且爲他們爭奪權位，擴張勢力的利器；此時他們徭役的繁苦，自然尤甚了。

第四章　杜甫以前及他同時代的反對戰爭的思想與作品

戰爭爲最古的人間慘劇之一，在有文字以前早已存在。世界最早的文學如中國的詩經，猶太的舊約，印度的馬哈巴拉泰（Mahabharata），希臘的伊里亞特（Iliad）與特賽（Odyssey）都有關於戰爭的紀載；而且牠們依稀寓有反對戰爭的意思的很多，如伊里亞特一詩集，開卷即描寫戰爭的殘酷：

『呵，穆斯（Muse）（註二）唱喲！

（註一）見杜甫的新安吏，石壕吏，及儲光羲的効古等篇。

（註二）是希臘司文藝的女神，共有九位。

柏萊烏斯（Peleus）的兒子阿溪里（Achilles）凶烈的報復，
給希臘人滔天的大禍，將英奕的戰士
之幽魂，在他們絢爛如花之妙年，
拋擲到渺茫的冥府之中，
他們纍纍的白骨，暴露於荒曠的戰場上，
爲貪食的狗與臭屍的鷹所噬啗。……」

我國最早的非戰思想見於伯夷，叔齊的采薇歌與詩經中，采薇歌裏的：

「以暴易暴兮，不知其非兮！神農虞夏，忽焉沒矣，吾適安歸矣！……」

是譏諷武王的伐紂，這也許是爲了紂與武王的中間隔了君臣名分的壁壘，但當然也涵有非戰的意思。詩經裏如：

「肅肅鴇羽，集於苞栩。王事靡盬，不能蓺稷黍，父母何怙！悠悠蒼天，曷其有所！」——唐風鴇羽。

『陟彼岵兮，瞻望父兮，父曰「嗟予子行役，夙夜無已，上愼旃哉！猶來無止。」』——魏風陟岵。

『擊鼓其鏜，踊躍用兵，土國城漕，我獨南行。從孫子仲，平陳與宋，不我以歸，憂心有忡。爰居爰處，爰傷其馬，於以求之，於林之下。死生契闊，與子成說，執子之手，與子偕老。于嗟闊兮，不我活兮！于嗟洵兮，不我信兮！』——邶風擊鼓。

『采薇采薇，薇亦作止，曰歸曰歸，歲亦莫止，靡室靡家，玁狁之故，不遑啓居，玁狁之故。』（中略）『昔我往矣，楊柳依依，今我來思，雨雪霏霏，行道遲遲，載渴載飢，我心傷悲，莫知我哀！』

——小雅采薇。

『祈父！予王之爪牙，胡轉予於恤，靡所止居！』（中略）『祈父！亶不聰！胡轉予於恤，有母之尸饔。』——小雅祈父。

『何草不黃，何日不行，何人不將，經營四方。何草不玄，何人不矜，哀我征夫，獨爲匪民！』（下略）——小雅何草不黃。

這些詩人都借士卒的勞怨痛恨征伐的口吻，以吐出自己反對戰爭的意旨或見了他們的愁苦疲敝，爲同情心所驅使而替他們呼籲；亦有託於嫁婦軫懷憐惜征夫之詞的，如：

『伯兮朅兮，邦之桀兮，伯也執殳，爲王前驅。　自伯之東，首如飛蓬，豈無膏沐，誰適爲容。　其雨其雨，杲杲出日，願言思伯，甘心首疾。　焉得諼草，言樹之背，願言思伯，使我心痗。』——衞風伯兮。

『君子於役，不知其期，曷至哉！雞棲於塒，日之夕矣，羊牛下來，君子於役，如之何勿思？……苟無飢渴？』——王風君子於役。

『雄雉於飛，泄泄其羽，我之懷矣，自詒伊阻！　瞻彼日月，悠悠我思，道之云遠，曷云能來！』——邶風雄雉四章之一，之三。

『葛生蒙楚，蘞蔓於野，予美亡此，誰與獨處？　角枕粲兮，錦衾爛兮，予美亡此，誰與獨旦？』——唐風葛生五章之一，之三。

『有杕之杜，有睆其實，王事靡盬，繼嗣我日，日月陽止，女心傷止，征夫遑止！　陟彼北山，言采其杞，王事靡盬，憂我父母；檀車幝幝，四牡痯痯，征夫不遠。　匪載匪來，憂心孔疚，期逝不至，而多爲恤，卜筮偕止，會言近止，征夫邇止。』——小雅杕杜四章之一，之三，之四。

再有因飽嘗戰亂惡魔的禍害，發出厭惡牠的呼聲，甚且流而爲厭世主義者，如：

『有兔爰爰，雉離於羅，我生之初，尚無爲，我生之後，逢此百罹，尚寐無吪！』(下同)——王風兔爰。

又如：

『四月維夏，六月徂暑，先祖匪人，胡寧忍予？ 秋日淒淒，百卉具腓，亂離瘼矣，奚其適歸。 冬日烈烈，飄風發發，民莫不穀，我獨何害？ 山有嘉卉，侯栗侯梅，廢爲殘賊，莫知其尤！ 相彼泉水，載清載濁，我日構禍，曷云能穀！ 滔滔江漢，南國之紀，盡瘁以仕，寧莫我有？ 匪鶉匪鳶，翰飛戾天；匪鱣匪鮪，潛逃於淵。 山有蕨薇，隰有杞桋，君子作歌，維以告哀。』——小雅四月。

上面這些反對戰亂的詩歌，大率都產生於幽王至春秋後半期的中間，爲那時代的喪亂的反動。嗣後有老聃孔丘孟軻墨翟一流人物的反對戰爭的言論。他們生在戰旗雲集，金鐵交鳴，諸侯展開了他們虎狼似的貪心而互相吞噬的春秋末葉與戰國時代，那時的諸侯貴族，勒迫素相親睦而安分守己的民衆，使他們中了魔術似的互相決鬭，屠殺，毀滅。老子的反對戰爭的理由：

『……師之所處，荆棘生焉，大軍之後，必有凶年。』……——道德經三十章。

他再窮究兵端之啓，都由於人的不知足，他說：

『天下有道，卻走馬以糞，天下無道，戎馬生於郊。禍莫大於不知足，咎莫大於欲得。』——道德經四十六章。

然後提出息爭的根本的解決法：

『故知足之足常足矣。』——承上文四十六章。

孔孟都倡德治，主張以王道化民，對於戰爭除非爲伐暴救民，均所反對。孟子謂春秋無義戰；桓公九合諸侯，不以兵車，孔子以此歸美於管仲（見論語原憲章）。論語季氏章載季氏將要伐顓臾，冉有季路謁見孔子，以此事告之。孔子便嚴責他們並教誨他們說：

『丘也聞有國有家者，不患寡而患不均，不患貧而患不安；蓋均無貧，和無寡，安無傾；夫如是，故遠人不服，則修文德以來之，既來之，則安之……，』

『修文德以來之，』那便是孔子弭戰的好方法。但他雖反對以武力服人，而對於武備卻不主張廢弛；故當子貢問政，孔子回答他說：

『足食足兵，民信之矣。』

孟軻之學，出於孔氏，他曾受業於孔子之孫子思的門人，所以他的學說同孔子吻合的地方很多。他對於救濟當時時局的見解，便是要以仁政代替戰爭；無論那一個諸侯，只要實行仁政，便能無敵於天下。他曾回答梁惠王道：

『地方百里而可以王。王如施仁政於民，省刑罰，薄稅斂，深耕易耨，壯者以暇日，修其孝悌忠信，入以事其父兄，出以事其長上，可使制挺以撻秦楚之堅甲利兵矣。』

又曾回答齊宣王說：

『保民而王，莫之能禦也。』

他這些語原是濫觴於孔子的『修文德以來之』的。但他對於非戰的論調，比孔子尤其激烈，孔子對於戎首不過寓一種貶黜之詞，他卻要聲罪致討。他說：

『……況於爲之強戰，爭地以戰，殺人盈野，爭城以戰，殺人盈城；此所謂率土地而食人肉，罪不容於死。故善戰者服上刑，連諸侯者次之，辟草萊任土地者次之。』——離婁章。

墨翟不特是爲我國古代最著名的反對戰爭的論者，也是爲最難得而可貴的非戰主義的實行家。當他在魯國的時候，聽見公輸般替楚王造了一種雲梯以攻宋，他便急急忙忙的趕到楚國，勸止公輸般與楚王的伐宋，後來他的目的果能達到。墨翟所持反對戰爭的理由，散見於墨子非攻上中下三篇，如今綜述其梗概如下：(一)戰爭是不義的——比竊人桃李攘人犬豕雞豚，取人馬牛等尤其不義，牠的罪惡所以更來的重大；(二)虛耗物力與財力；(三)靡敝士卒——他們無辜而受飢渴勞頓罹疾疫死亡的災殃；(四)妨礙農時；(五)上不能中天之利，中不能中鬼之利，下不能中人之利；(六)戰爭所得者不能償其所失；(七)證諸史蹟，古來好戰者必易遭滅亡；(八)出於諸侯大夫的自利。他看那攻伐是『天下的巨害』，百姓受牠的痛苦已多，只希望『有能以義名立於天下，以德求諸侯者，』則『天下之服可立而待也，』也便是『天下之利。』

墨翟等卒後，列國的形勢又變，韓，魏，趙，齊，燕，楚，秦七雄的紛爭，成騎馬之勢，一般無恥的政客，乘此搗亂，逞其陰謀詭計，挑動干戈，以遂他們的私欲，學者亦都傾向於法治的主張，往往同政客相勾合，狼狽爲奸；於是戰爭的火焰，益熾烈而不可遏。非戰的聲音，杳然中絕，一直至漢初賈誼，董仲舒輩出，始噓儒道墨反對戰爭的主張之燼，揭出秦代迷信武力之所以速亡，力倡德治之說，因爲他們都宗孔孟。漢文帝尙黃老之術，主張淸靜無爲，偃武修文，實施以柔懷遠的政策。賜南粵王趙佗書與遺匈奴書等，都是表示他貫澈非戰的主張。迨武帝立，大興邊功，於是引起淮南王，主父偃，嚴安輩反對戰爭的反動。淮南王諫伐閩越書，嚴安言世務書，主父偃諫伐匈奴書裏，對於戰爭的禍害言之綦詳，本文限於篇幅，恕不引舉。他們共同的立腳點，都是從國計民生與夷狄的反覆無常，不易征服着想。武帝崩，昭，宣，元諸帝相繼卽位，他們對於興立邊功的狂熱，尙未減退，所以有魏相的諫伐匈奴書，賈捐之的罷珠崖對，反對戰爭的作品產生，他們所持反對戰爭的理由，跳不出淮南王，嚴安，主父偃輩所說的範圍。新莽時有嚴尤諫擊匈奴表。東漢以還，韻文的疆域，日見擴張，論文的領土，漸漸縮小，故反對戰爭的論文不多覯，而非戰的詩歌因時局的脆鮠，內亂的綿延，卻應運而產生：古詩『十五從軍征，八十始得歸。……』古樂府裏的戰城南，飲馬長城窟行，蔡琰的悲憤詩，王粲的七哀詩，登樓賦，贈蔡子篤詩，贈士孫文始，魏武帝的蒿里行，薤露，卻東西門行，曹子建的贈白馬王彪，送應氏詩，陳琳所擬作的飲馬長城窟行，張孟陽的七哀詩，繆襲的克官渡，戰滎陽，定武功，挽歌，左延年的從軍行，陸機的從軍行，飲馬長城窟行等，都是憂時傷亂之作，留下個戰爭的兇暴與恐怖的黑影，在我們的心裏。

自西晉末葉一直至隋代，二百數十年間，雖是個兵戈擾攘，戎馬紛爭，簒奪相尋，民無寧歲的時代，但反對戰爭的寫實之作，卻不多見，這至少有以下兩種大原由：第一，因爲時代的心理專務玄理，崇尚虛浮，寫實的作風的萌芽，因之種子的撒播，無從發生；第二，因爲那時的文風，競尚擬古，奇幻，雕飾，靡麗，兼之文人學士都抱釋道兩教出世的人生觀，所以他們雖處在地獄似的恐怖與黑暗的生活中，還是吟風弄月，陶然自樂，似在安樂恬適的天堂裏一般。

到了隋代，尚玄之風漸息，自開皇四年下詔禁止過於華艷的文翰，文體爲之一變，漸棄六朝的雕琢靡麗而追蹤漢魏，又因煬帝好大喜功，從事域外經略，傾全國之師，三次征伐高麗，故有知世郎的浪死歌，李淵的飲馬長城窟行，虞世南的從軍行，擬飲馬長城窟行詩等及反對戰爭的作品產生。唐初文風益振。文方面有北京三傑富家謨，吳少微，谷倚之等之竭力排斥浮華，崇尙質樸；詩方面亦尙風格實質。虞世南魏徵等倡之於先，陳子昂張九齡應之於後，由是唐代古風之體格始成；同時杜甫的祖父審言，及沈佺期宋之問又製成唐代律詩體。以前浪漫的摹擬的，徒尙形色的，虛誕而不切於人生與社會的作風，至是變而爲寫實的，創造的，平凡而切於人生與社會的風尙。中間又經過太宗高宗之黷武窮兵，拓地開疆。所以此時代產生了不少的反對戰爭的作品。散文有褚遂良之諫戍高昌表與諫征高麗表，徐惠之諫征伐疏，房玄齡之諫征高麗表等，他們對於戰爭的流弊都說得很精闢。詩歌則有楊炯之戰城南，盧照鄰之隴頭水，關山月，戰城南，紫騮馬，駱賓王之行軍中行路難，至分水戍，蕩子從軍賦，王勃之秋夜長，袁朗之賦飲馬長城窟，王宏之從軍行，來濟之出玉關，辛常伯之軍中行路難，韋承慶之折楊柳，張柬之之出塞，崔融之關山月，從軍行，塞外寄內，喬知之之苦寒行，從軍行，羸駿篇，王無競之北使長城，陳子昂之感遇詩三十八首，第三，第二十八，第三十六首等，劉希夷之擣衣篇，李嶠之倡婦行，沈佺期之隴頭水，關山月，雜詩四首，入鬼門關，獨不見，古意呈補闕喬知之等，就中如戰城南，從軍行，飲馬長城窟，折楊柳，關山月，隴頭水等篇，雖前人已有其體制，難免絕對無摹仿，但好的創作亦有不少，如：

『塞北途遼遠，城南戰苦辛，旛旗如鳥翼，甲冑如魚鱗。涷水寒傷馬，悲風愁殺人，寸心明白日，千里暗黃塵。』——楊炯之戰城南。

又如：

『胡天夜清迥，孤雲獨飄颺，搖曳出鴈關，逶迤含晶光。陰陵久徘徊，幽都無多陽，初寒涷巨海，殺氣流大荒；朔馬寒飲水，行子履胡霜。路有從役倦，臥死黃沙場；羈旅因相依，慟之淚沾裳。由來從軍行，賞存不賞亡，亡者誠已矣，徒令存者傷！』——喬知之之苦寒行。

牠們描寫從軍的苦況——戰士被風寒疲勞所困，愁苦不堪——的眞切，決非因襲與摹仿的作品可以比擬。又如沈佺期之雜詩四首第末一首：

『聞道黃龍戍，頻年不解兵，可憐閨裏月，長在漢家營。少婦今春意，良人昨夜情，誰能將旗鼓，一爲取龍城？』

及王勃之秋夜長：

「秋夜長，殊未央，月明露白澄清光，層城綺閣遙相望。遙相望，川無梁，北風受節南雁翔，崇蘭委質時菊芳，鳴環曳珮出長廊，爲君秋夜擣衣裳。纖羅對鳳凰，丹綺雙鴛鴦，調砧亂杵思自傷，思自傷，征夫萬里戍他鄉；鶴關音訊斷，龍門道路長，君在天一方，寒衣徒自香。」

描寫戍婦因良人外出征戍，關山重隔，音訊杳然，飽嘗相思滋味，對着團圞的明月，益幽怨自傷，其情緒的纏緜悱惻，亦決非玄想的作家所能表現出。

自高宗末年起至開元初年止，中間經過武氏，韋氏之篡亂，契丹，吐蕃乘機屢犯邊塞，唐朝亦常興師禦寇，故此時期描寫征夫與戍婦的困疲愁怨的詩歌，亦產生了不少，如崔湜之折楊柳，鄭愔之胡笳曲，秋閨，及塞外三篇，鄭元振之塞上，劉憲之折楊柳，王翰之飲馬長城窟行，賀知章之送人之軍，常理之古別離，劉元叔之妾薄命，沈祖仙之秋閨，吳大江之擣衣等篇，就中如王翰之飲馬長城窟行，鄭愔之胡笳曲等，雖詠秦漢的黷武，然筆意清新，情緒濃摯，一望而知其寓有諷刺當世意。

到了杜甫的時代，詩格與音調益臻精密美備，中間經過開元的政治上的黃金時代的沃土的培植，藝術的花葩，敷榮灼爛，一般天才傑出的詩人，都運用其靈妙之筆，造成空前絕後如火如荼的詩苑。天寶以後，邊境多事，內亂頻年，豺狼橫行，萬民喋血，於是疇昔那般歌功頌德的樂天派的詩人，移其視線於前敵的戰士，戰士的室家，及罹災的平民的生活，由他們的熱烈的同情的心靈裏，泛溢出不少的反對戰爭的作品，就中分內亂與外征兩派，如今述其梗概如左：

（一）反對內亂的詩人。　此派最著名又作品最多的詩人，除了杜甫外，首推元結，他比杜甫晚生十一年，後卒二年，就他們倆的友誼而論，雖遠不及甫與李白，結與孟雲卿的交情的深厚，但當甫展誦結的春陵行及賊退示官吏兩首，他不禁褒揚他道：

『吾人詩家秀，博采世上名，粲粲元道州，前聖畏後生，觀乎春陵作，欻見俊哲情，復覽賊退篇，結也實國楨。賈誼昔流動，匡衡嘗引經，道州憂黎庶，詞氣浩縱橫，兩章對秋月，一字偕華星。致君唐虞際，淳朴意大庭，何時降璽書，用爾為丹青；獄訟永衰息，豈惟偃甲兵，悽惻念誅求，薄斂近休明，乃知正人意，不苟飛長纓。涼飈振南獄，之子寵若驚，色沮金印大，興合滄浪清。……』

——同元使君春陵行。

這當然不是敷衍之詞可比，甫對於結若不是心契神合，那決不有出於肺腑的如此的話。結不特是個那時代的最偉大的非戰的寫實的詩人之一，也是個最表同情於被戰亂所剝奪去幸福的平民，而奮不顧身的實行救濟他們使他們免除苛稅的重負，暴吏的滋擾的良吏。他的非戰的寫實之作，詩歌有貧婦詞，忝官引，詶孟武昌苦雪，喻常吾直，舂陵行，賊退示官吏等篇，喻舊部曲一篇：『……故今爭者心至死終不足，與之一杯酒，喻使燒戎服，兵興向十年，所見堪歎哭，相逢是遺人，當今識榮辱，勸汝學全生，隨我畬退谷。』他諳悉亂源之所在，急希望武人擯棄攘奪的野心，燬除戎服，退伍田間；這是他非戰的最明顯的主張。雜文有請節度使表，謝上表，再謝上述，請省官狀，鄧等州縣官，請給將士父母糧狀，請收養孤弱狀，奏免科率狀，奏免科率等狀，世化，時化，問進士，時議上篇中篇等。他的非戰的寫實之作與杜甫的不同之點，在他都描寫戰亂後的平民的困苦的實況——這是純屬客觀——而甫敍述自己在戰亂時期的經歷，較客觀的為多。

此外描寫內亂的重要之作，有李白之豫章行，荊州賊亂臨洞庭言懷外，經亂離後天恩流夜郎憶舊遊書懷贈江夏韋太守良宰，岑參之阻戎瀘間郡盜，行軍詩二首，儲光羲之效古二首，高適之酬裴員外以詩代書，獨孤及之季冬自嵩山赴洛道中作等篇，及之和李尙書畫射虎圖歌，爲諷刺當時的野心的軍閥的佳製。

(二)反對外征的詩人。　此派作品最多的詩人，除杜甫外爲李白，王昌齡，岑參，高適。李，高，岑都是杜甫的摯友，他們彼此所受的思想與人格的感應當然亦最大。李白爲那時代的想像最豐富且最帶浪漫色彩的詩人，他的醉歌狂舞豪放不羈的性情，正是與杜甫高適的性格相類似，他的古風五十九首中『胡關饒風沙，蕭索竟終古，……』及『羽檄如流星，虎符合專城，……』兩首，戰城南，軍行，從軍行，幽州胡馬客歌，塞下曲，關山月，猛虎吟諸篇所描寫戰爭的殘酷，都是從士卒方面着想，戰城南的結尾說：『乃知兵者是凶器，聖人不得已而用之。』表示出他對於「兵」的明確的觀念。他也涵有很多的女性的色彩的詩人，所以詠閨情的詩歌，較其他的詩人獨多。子夜吳歌，思邊，學古思邊，紫騮馬，擣衣篇描寫戍婦的幽怨的心理與相思的痛苦，非常逼眞，就中如子夜吳歌裏的：『何日平胡虜，良人罷遠征。』爲諷刺戰爭的最高的作品。

王昌齡的非戰的寫實之作，有塞上曲，塞下曲，出塞二首，失題，箜篌引，從軍行二首，從軍行七首，代扶風主人答，閨怨諸篇，其中最動人的要推代扶風主人答那首：

『殺氣凝不流，風悲日彩寒，浮埃起四遠，游子彌不歡，依然扶風主，沽酒聊自寬，寸心亦未理，長鋏誰能彈。主人就我飲，對我還慨歎，便泣數行淚，因歌行路難。十五役邊地，三回討樓蘭，連年不解甲，積食無所餐，將軍降匈奴，國使沒桑乾，去時三十萬，獨自還長安，不信沙場苦，君看刀箭瘢。鄉親悉零落，塚墓亦推殘；仰攀青松枝，慟絕傷心肝！禽獸悲不去，路傍誰忍看！幸逢休明代，寰宇靜波瀾，老馬思伏櫪，長鳴力已殫！少年與運會，何時發悲端。天子初封禪，賢良刷羽翰，三邊悉如此，否泰亦須觀。』

扶風主人的悲苦慘愴的經歷，盡情袒露出戰爭的罪惡與恐怖與殘酷。岑參的非戰詩有北庭作，早發焉耆懷終南別業，獻封大夫破播仙凱歌六首，題苜蓿峯寄家人，胡歌等篇。高適有塞下曲，燕歌行，薊門五首，使青夷軍入居庸三首，送劉評事充朔方判官賦得征馬嘶諸篇，就中以燕歌行，薊門五首及青夷軍入居庸三首所描寫戰爭的苦況，較爲動人。再有作品不多的人，而他們所描寫戰爭的殘酷，卻永永給我們一種深刻的恐怖與慘悴的印象：李華之弔古戰場文，趙微明之回軍跛者，前一首同杜甫之兵車行，新安吏石壕吏，無家別，垂老別，李白之戰城南，白居易之折臂翁，並稱不朽之作。此外如李昂之從軍行，崔珪之孤寢怨，賀朝之從軍行，李頎之從軍行古塞下曲，賈至之燕歌行，賀蘭進明之行路難五首，王維之從軍行，隴頭吟，孟雲卿之古別離，孟浩然之閨情，屈同仙之燕歌行，常建之塞上曲塞下曲，崔顥之塞下，鄭虔之閨情，金昌緒之春怨，梁鍠之代征人妻，陶翰之古塞下曲，燕歌行，出蕭關懷古等篇，或描寫白刃相接，血肉橫飛，哭聲慟天，鼓臥旗折，人馬倒斃的可怕的悲劇一幕，或狀述英毅豪壯的健兒，乘着雄驃鐵馬，備了琱弓玉劍，越險踰阻，晨收沙草，夜渡冰河，皇皇奔走，轉戰窮年，置身於屍丘血海之中，而演成白首猶未封侯的摧肝斷腸的悲史，或繪寫冰清玉潔的閨中的妖嬈的少婦，因良人久出從軍，音信杳然，心容憔悴，淚泉涸絕，祇由夢寐之中稍得些慰藉的慘狀；而張渭之代北州老翁答描寫這位老翁他有兩個兒子戰死沙場，所存個新長成的小的兒子，又不能免除入兵籍，祇剩下煢煢的一個人拋棄田宅，別離了鄉土，漂流在外；其情節與語詞的悲慘，正與杜甫的垂老別及石壕吏相似。

總之杜甫的時代的非戰的作品，無論在質與量上都較勝於前代，杜甫雖爲那時代的最大的非戰的詩人，他的反對戰爭的作品亦最多，同時代的作家受他的影響與感化力，或許較一切的詩人爲深，但此種轟轟烈烈的思潮，決非一二作家之力所能促成，必賴羣衆的努力，所以由這一點推測，他受同時代的作家的影響亦必不少。

第五章　杜甫詩裏的非戰思想

在研究杜甫詩裏的非戰思想以前，除了上述他的思想的背景外，更當預先注意的一點，便是爲他的個性。他的個性怎樣？第一，他是位極眞摯的人，這是祇要看旁人以爲羞恥而不肯告人的窮窶的境遇，與流離落魄的身世，他竟毫不隱瞞，赤裸裸的表現在他的詩裏便可相信。第二，他是位最富於同情心人的。第三，他具有強烈的反抗性。這三種特性，第一第二兩章裏已略表提及，下面正文裏又將詳述，故此間恕不引證。此外我們更當注意的一點，便是他染着很多的儒家的色彩。題衡山縣文宣王廟新學堂呈陸宰詩裏云：『……嗚呼已十年，儒服敝於地，征夫不遑息，學者淪素志。……周室宜中興，孔門未應棄。……』

杜甫的反對戰爭的詩，多半是寫實的，可分外征與內亂兩大類。如今請先研究他反對外征的詩：

此類的詩作於天寶年間居多。兵車行，前出塞九首，後出塞五首，遣興——『下馬古戰場，四顧但茫然。……』——三首之一，之二諸篇，爲他反對外征的主要的作品。此外如夏夜歎，擣衣，送人從軍，自京赴奉先縣詠懷末段等，亦都涵有反抗諷刺外征的思想。兵車行的第一段。

『車轔轔，馬蕭蕭，行人弓箭各在腰。耶孃妻子走相送，塵埃不見咸陽橋，牽衣頓足攔道哭，哭聲直上干雲霄！』

與後出塞五首中的第一首：

『男兒生世間，及壯當封侯，戰伐有功業，焉能守舊丘。召募赴薊門，軍動不可留；千金裝馬鞭，百金裝刀頭，閭里送我行，親戚擁道周，斑白居上列，酒酣進庶羞。少年別有贈，含笑看吳鈎。』

所描寫從軍者別離時的情況，雖適相反背：一邊帶着一片悲悒，酸楚與沉痛的淒涼的哭泣聲；一邊純是歡忭，炫誇與慶賀的樂象。但我們曾再讀後出塞的第二首：

『朝進東門營，暮上河陽橋，落日照大旗，馬鳴風蕭蕭；平沙列萬幕，部伍各見招。中天縣明月，令嚴夜寂寥，悲笳數聲動，壯士慘不驕。借問大將誰，恐是霍嫖姚？』

便知後出塞裏的這位熱血的少年，因沒曾嘗過戰爭的味道，所以當初投軍的時候，與高采烈，對於自己的前塵，抱着無限的奢望，等到他到了前敵，見了軍容的愁慘，軍令的森嚴，聽了悲淒的胡笳的聲音，他的豪氣吹到九霄雲外了，他的雄志消失殆盡，他於是覺悟過來了。所以那第一首詩並非鼓勵戰爭。其最後的用意，與兵車行的第一段及前出塞九首第一首：

『戚戚去故里，悠悠赴交河，公家有程期，亡命嬰禍羅。……棄絕父母恩，吞聲行負戈，』

還是沒有什麼不同。

別離的情況，既如此悲愴，試再看他同家人別離後途中的經歷與感慨：

『出門日已遠，不受徒旅欺，骨肉恩豈斷，男兒死無時！走馬脫轡頭，手中挑青絲，捷下萬仞岡，俯聲試搴旗。』——前出塞九首之二。

『磨刀嗚咽水，水赤刀傷手，欲輕腸斷聲，心緒亂已久！丈夫誓許國，憤惋復何有，功名圖麒麟，戰骨當速朽！』——前出塞九首之三。

後一種感想，當失望時不過聊以自解罷了。

『送徒既有長遠戍亦有身，生死向前去，不勞吏怒瞋。路逢相識人，附書與六親，哀哉兩決絕，不復同苦辛！』——前出塞九首之四。

『迢迢萬里餘，領我赴三軍，軍中異苦樂，主將寧盡聞？隔河見胡騎，倏忽數百羣，我始爲奴僕，幾時樹功勳！』——前出塞九首之五。

『驅馬天雨雪，軍行入高山，逕危抱寒石，指落曾冰間。已去漢月遠，何時築城還？浮雲暮南征，可望不可攀！』——前出塞九首之七。

別離了休戚相關患難相共的六親，與無情的慘淡的黃沙，與白雲爲侶，跋涉冰川雪山，攀登艱險的仄徑，刀割似的寒風侵入肌骨，心裏滿載着恐怖與沉重的悲傷，到生死莫卜的沙場上又受軍官的欺凌與壓迫，及種種不公平的待遇，假如他有策勳立功的一天，他所受這一番的愁苦困阨，尙可當作代價，無奈出師十餘年，無分寸之功，他只得如此安慰自己：

『從軍十餘年，能無分寸功，衆人貴苟得，欲語羞雷同，中原有爭鬭，況在狄與戎。丈夫四方志，安可辭固窮。』——前出塞末首。

兵車行裏的：

『去時里正與裹頭，歸來頭白還戍邊。……況復秦兵耐苦戰，被驅不異犬與雞。』

他描寫征夫的苦況，如牛馬一般，窮年役使無已，到老無分寸之功。杜甫很爲他們抱不平。

但這等人不幸之中，還算有幸，再看比他們尤其不幸者所演之悲劇：

『君不見青海頭，古來白骨無人收，新鬼煩冤舊鬼哭，天陰雨溼聲啾啾！』——兵車行。

『……朽骨穴螻蟻，又爲蔓草纏。……』——遣興三首之一。

『……但添新戰骨，不返舊征魂！……』——東樓。

『……他日傷心極，征人白骨歸！……』——秋笛。

以上都是描寫征夫自身的冤苦淒楚的經歷，及他們中不幸者之最後的命運。如今請掉轉眼來一看他們的家庭：

『……君不聞漢家山東二百州，千邨萬落生荊杞，縱有健婦把鋤犂，禾生隴畝無東西！……

縣官急索租，租稅從何出！……』——兵車行。

『……生常免租稅，名不隸征伐，撫跡猶酸辛，平人固騷屑。默思失業徒，因念遠戍卒，憂端齊終南，澒洞不可掇！』——自京赴奉先縣詠懷。

這是家人在物質上所受的痛苦，但他們精神上的痛苦也並不減輕：

『亦知戍不返，秋至拭清砧，已近苦寒月，況經長別心！寧辭擣衣倦，一寄塞垣深，用盡閨中力，君聽空外音！』——擣衣。

一般民衆，困於供給，疲於轉運，受黷武的害亦匪淺：

『幽燕盛用武，供給亦勞哉！吳門轉粟帛，泛海陵蓬萊，肉食三十萬，獵射起黃埃！……』——昔遊。

杜甫所揭反對外征的旗幟，除上述種種戰爭的流毒外，再有：

『……君已富土境，開邊一何多。……』——前出塞九首之一。

『……殺人亦無限，立國自有疆。……』——前出塞九首之六。

『……漁陽豪俠地，擊鼓吹笙竽，雲帆轉遼海，梗稻來東吳，越羅與楚練，照耀輿臺軀。主將位益崇，氣驕凌上都，邊人不敢議，議者死路衢！』——後出塞五首之四。

將帥恃功驕悍，目無國君，叛逆的蓄心皆由黷武所縱容成。甫在此時已見到祿山的必反。又「立國自有疆」一語，卻是千古的至論名言，可以解除國際或民族間一切的紛爭，足以喚醒帝國主義的侵略政策的迷夢；不可謂非這位詩翁的不朽的創見啊。

因爲他很表同情於那般窮年累月出征的戍卒，他希望息兵非常迫切：

『……念彼荷戈士，窮年守邊疆，何由一洗濯，執熱互相望。竟日擊刁斗，喧聲連萬方，青紫雖被體，不如早還鄉。……』——夏夜歎。

他希望息兵，也是爲了民衆起見：

『……安得務農息戰鬬，普天無吏橫索錢。』——晝夢。

他對外的主張雖有一次說：

『……修德使其來，羈索固不絕。……』——留花門。

同孔子的「修文德以來之」的主張相啗合，但卻不主張絕對用柔懷的政策。前出塞九首第六首末兩句說：

『苟能制侵陵，豈在多殺傷。』

可知他雖反對黷武，反對侵略主義，但假如外人壓迫過甚，則不得不同他抵抗。所以當他的晚年，吐蕃，回紇屢次入寇，他因爲受了此種壓迫，在他的思想上便發生反動，如他寄董卿嘉榮詩云：

『……海內久戎服，京師今晏朝，犬羊曾爛漫，宮闕尙蕭條。猛將宜嘗膽，龍泉必在腰，黃圖遭汚辱，月窟可焚燒；會取干戈利，無令斥候驕，居然雙捕虜，自是一嫖姚。落日思輕騎，高天憶射鵰，雲臺畫形像，皆爲掃氛妖。』

希望其掃盪胡虜，立功異域，又如：

『君不見東川節度兵馬雄，校獵亦如觀成功。……喜君士卒甚整肅，爲我迴轡擒西戎，……』

——冬狩行。

他嘉勉梓州刺史章彝攘外以靖國難。他甚至頌揚戰功，如：

『……搖落關山思，淹留戰伐功……』——陪鄭公秋晚北地臨眺。

以戰功稱嚴武，此外如：

『秋風嫋嫋動高旌，玉帳分弓射虜營，已收滴博雲間戍，欲奪蓬婆雪外城。』——奉和嚴鄭公軍城早秋。

又如：

『江風颯長夏，府中有餘清，我公會賓客，肅肅有異聲。初筵閱軍裝，羅列照廣庭，庭空六馬入，駊騀揚旗旌。迴迴偃飛蓋，熠熠迸流星，來衝風飆急，去擘山嶽傾；材歸俯身盡，妙取略地平，虹蜺就掌握，舒卷隨人輕，三州陷犬戎，但見西嶺青，公來練猛士，欲奪天邊城，此堂不易升，庸蜀日已寧；吾徒且加餐，休適蠻與荊。』——揚旗。

又如：

『蕭關隴水入官軍，青海黃河卷塞雲，北極轉愁龍虎氣，西戎休縱犬羊羣。』——喜聞盜賊總退口號五首之一。

也都鼓勵戰爭，這是我們不能爲這位詩翁隱諱，而且亦不必隱諱，因爲這種反動，也是理所當然的；誰能說此反抗侵略的宣傳，不是被壓迫民族的詩人與其他一切知識階級所應有使命？

但這也不過是思想上的變態，他眞正的對外的主張：

『古人重守邊，今人重高勳。』——後出塞五首之三。

他注重守邊；

『安得廉頗將，三軍同安眠。』——遣興三首之一。

『安得壯士挽天河，淨洗甲兵長不用。』——洗兵馬。

主張任用良將，則外寇自少；

『奇兵不在衆，萬馬救中原。』——觀安西兵過赴關中待命二首之二。

對於兵卒主張須多加訓練，不以數量盈多爲然。後一種主張，正足以矯正中國的時弊，所以也很有讚道的價值。

杜甫詩集裏反對內亂的詩，比反對外征的詩尤多；牠們約可分下列三類：

一、繪寫他自己的經歷，有時從經歷中發舒他的感慨。

二、繪寫從觀察得來者。

三、對於善後的主張。

如今請逐類說明如左：

一、主觀的描寫。

1. 關於他自身者。杜甫的晚年，既瀰漫着戰雲，但假如那些兵匪的毒燄，不蔓延到他自己的身上，則他就是表同情於那些罹兵災的民衆，替他們陳訴幾句愁苦勞怨的話，或描寫些殺傷被刦流離散亡的慘狀，淩辱壓迫的苦況，總免不掉犯隔靴搔癢的毛病，好似未曾到過地獄的人，只知道地獄裏的生活如何黑暗痛苦不自由，但還是種想像罷了，眞正地獄生活的味道，還沒曾嘗得。因爲他也是內亂的犧牲物之一，備嘗牠的毒害，所以有精悍透徹作品產生。此種的創作，匪特在全中華民族的詩歌之國裏所稀見的寶物，亦且爲世界的文藝之苑囿裏的珍禽異獸。他所繪寫自己的不幸的身世與際遇的文字，使人讀了誰能阻止自己不爲他悲憤內亂的最大的影響，便是他受物質上的痛苦——經濟上的壓迫。當內亂爆發時，他便得到此種的痛苦：

『……老妻寄異縣，十口隔風雪，誰能久不顧；庶往共饑渴入門聞號咷，幼子饑已卒。吾寧捨一哀，里巷亦嗚咽；所愧爲人父，無食致夭折！豈知秋禾登，貧窶有倉卒！……』——自京赴奉先縣詠懷。

這是他由長安返奉先縣家中所遇的經濟的艱窘的悲狀。其後又困於長安，家中危如絲髮：

『……生理何顏面憂端且歲時，兩京三十口，雖在命如絲！』——得舍弟消息二首之二。

當至德兩載，他脫賊赴鳳翔，謁肅宗於彭原郡，他的衣衫凋敝，穿着麻鞋見王，如述懷詩裏所說：

『……麻鞋見天子，衣袖見兩肘。……』

便是實情。因爲國帑與車馬，盡充軍用，故當自鳳翔赴鄜州，他竟徒步歸行。他說：

『鳳翔千官且飽飯，衣馬不復能輕肥；青袍朝士最困者，白頭拾遺徒步歸。』——徒步歸行。

嗣後由秦州遷往同谷縣，他負薪采梠以度生活；他所受經濟的壓迫，以此時爲最甚，如：

『有客有客字子美，白頭亂髮垂過耳；歲拾橡栗隨狙公，天寒日暮山谷裏。中原無書歸不得，手腳凍皴皮肉死！嗚呼一歌兮歌已哀！悲風爲我從東來！』——同谷七歌之一。

『長鑱長鑱白木柄，我生託子以爲命！黃精無苗山雪盛，短衣數挽不掩脛；此時與子空歸來，男呻女吟四壁靜！嗚呼二歌兮歌始放，鄰里爲我色惆悵！』——同谷七歌之二。

便是他自己生活的寫照。他到了成都，卜居浣花里；他的心雖比較安謐些，然又免不了受饑寒的困迫，所以有

『……恒飢稚子色淒涼，欲塡溝壑惟疏放，自笑狂夫老更狂！』——狂夫。

『百年已過半，秋至轉飢寒！……』——因崔五侍御寄高彭州一絕。

之吁歎。百憂集行裏說：

『即今倏忽已五十，……悲見生涯百憂集！入門依舊四壁空，老妻覩我顏色同；癡兒不知父子禮，叫怒索飯啼門東！』

亦喟歎他自己的窮窶，年滿半百而四壁蕭條，兒子因爲飢餓所迫，叫怒索飯，號啼門東，有違父子之禮。當他避亂梓州，往遊射洪，貧病交侵，他的早發射洪縣南途中作詩云：

「將老憂貧窶，筋力豈能及！征途乃侵星，得使諸病入！……」

便記述那時貧困力衰的苦狀。他流落在劍南，貧苦不堪。後嚴武再鎮蜀，得入幕府，暫免飢寒的困迫。追武死，他又陷於貧窮的深淵之中。其後他避臧玠之亂入衡州，欲往依舅氏（註一）。當寓居耒陽時，嘗遊岳廟，爲暴水所阻，旬日不得食，耒陽聶令知之，餽以酒肉（註二）以療飢。總之，自安史之亂發生後，杜甫幾無日不與貧窮的惡魔相戰鬭，直至死神臨顧他爲止。

其次他備嘗羈旅之苦。自安史亂後，他幾乎沒有一年不流離轉徙，僕僕於風塵道路之間。他的詩集中有不少的關於行路艱難的紀載。當初避寇亂時，他即遭水患；三川觀水漲裏的：

「浮生有蕩汨，吾道正羈束。人寰難容身，石壁滑側足。雲雷屯不已，艱險路更跼。普天無川梁，欲濟願水縮。因悲中林士，未脫衆魚腹！舉頭向蒼天，安得騎鴻鵠！」

便狀述那時後逼兵戈，前阻水潦的狼狽不堪的苦況，人寰難容思欲騎鴻鵠飄然遠舉。彭衙行：

（註一）參閱入衡州。
（註二）參閱聶耒陽書致酒肉。

『憶昔避賊初北走經險艱，夜深彭衙道，月照白水山，盡室久徒步，逢人多厚顏；參差谷鳥吟，不見遊子還。癡女饑咬我，啼畏虎狼聞，懷中掩其口，反側聲愈嗔；小兒強解事，故索苦李餐。一旬半雷雨，泥濘相攀牽，既無禦雨備，徑滑衣又寒。有時經契闊，竟日數里間，野果充餱糧，卑枝成屋椽，早行石上水，暮宿天邊煙。……』

追敘他挈眷避亂途中飢寒勞頓冒雨露宿的苦況，而他的心懷裏又充滿了恐怖，時時存了爲虎狼所攫去的戒心。後自秦赴同谷縣，再由同谷縣入蜀，經歷無數的險峻的峽嶺與崎嶇的閣道，如他記登鐵堂峽云：

『……徑摩穹蒼蟠，石與厚地裂，……威遲哀壑底，徒旅慘不悅，水寒長冰橫，我馬骨正折！』

——鐵堂峽。

因爲他攀登此峽，如此的寒苦與艱辛，所以有這樣愁愴的心境：

『生涯抵弧矢，盜賊殊未滅，飄蓬踰三年，回首肝肺熱！』——鐵堂峽。

又如他描寫經石龕時的惶恐與寒苦：

『熊羆咆我東，虎豹號我西，我後鬼長嘯，我前狨又啼。天寒昏無日，山遠道路迷；驅車石龕下，仲冬見虹霓。……』——石龕。

『行邁日悄悄，山谷勢多端，雲山轉絕岸，積阻霾天寒。寒硤不可度，我實衣裳單。況當仲冬交，泝沿增波瀾。野人尋煙語，行子傍水餐。此生免荷殳，未敢辭路難！』——寒峽。

『……季冬攜童稚，辛苦赴蜀門；南登木皮嶺，艱險不易論！汗流被我體，祁寒為之暄。……再聞虎豹鬭，屢跼風水昏。高有廢閣道，摧折如斷轅。……』——木皮嶺。

『……霜濃木石滑，風急手足寒。入舟已千憂，陟𪩘仍萬盤！……遠遊令人瘦，衰疾慚加餐。』——水會渡。

此外如：

『清江下龍門，絕壁無尺土。長風驚高浪，浩浩自太古。危途中縈盤，仰望垂線縷，滑石欹誰鑿，浮梁裊相拄。目眩隕雜花，頭風吹過雨，百年不敢料，一墜那得取。飽聞經瞿塘，足見度大庾；終身歷艱險，恐懼從此數！』——龍門閣。

都描寫山道的險危，天氣的森寒，行路的艱難。他這樣的踰阻越險，吞飢忍寒，精疲神憊，莫非是要避去戰亂，尋一個較安謐的棲身之所。常恐死於道路，與他的故鄉永訣，如赤谷詩末段所說：

『貧病轉零落，故鄉不可思。常恐死道路，永爲高人嗤！』

便表示出此種的心理。入蜀後他因徐知道反避亂至梓州，光祿坂行大概即在此時作的（註一），他描寫渡坂時的情況云：

『……馬驚不憂深谷墜，草動只怕長弓射。安得更似開元中，道路即今多壅隔。』

大有風聲鶴唳，草木皆兵的驚懼。發閬中：

『前有毒蛇後猛虎，溪行盡日無邨塢。江風蕭蕭雲拂地，山木慘慘天欲雨。女病妻憂歸意急，秋花錦石誰能數。別後三月一書來，避地何時免愁苦！』

寫由閬州歸梓州途中的惶恐與悽愴。後由閬州率眷回成都，他作自閬州領妻子卻赴蜀山行三首，此詩的第一首：

（註一）光祿坂在梓州銅山縣。

『汨汨避羣盜，悠悠經十年！不成向南國，復作遊西川。物役水虛照，魂傷山寂然！我生無依着，盡室畏途邊！』

傾吐因頻年喪亂，皇皇奔避的漂泊的傷懷，並寫山行的慘淡，盡室畏途。前苦寒行二首與後苦寒行二首，也都是傷行旅的艱苦。最後他避臧玠亂入衡州，他繪寫當時倉卒避亂的情況云：

『……銷雲避飛鏑，累足穿豺狼。隱忍枳棘刺，遷延胝趼瘡。遠歸兒侍側，猶乳女在旁。……』

——入衡州。

他又很感受漂泊之苦，如遣興三首第二首云：

『蓬生非無根，漂蕩隨高風，天寒落萬里，不復歸本叢。客子念故宅，三年門巷空，悵望但烽火，戎車滿關東；生涯能幾何，常在羈旅中！』

傷因喪亂而常在羈旅之中。發同谷縣裏的：

『奈何迫物累，一歲四行役！』

亦慨歎自己如海漚，如浮萍，漂蕩無定。嚴氏溪放歌裏的：

『況我漂蓬無定所，終日慼慼忍羈旅！……東遊西還力實倦，從此將身更何許？』

表示因羈旅而終日墮於悲悒憂慼的苦海之中，客堂詩裏所說：

『棲泊雲安縣，消中內相毒，舊疾廿載來，衰年得無足，死爲殊方鬼，頭白免短促。老馬終望雲，南雁意在北；別家長兒女，欲起慚筋力。』

因年老力衰而仍棲泊於外，他的精神上很感苦痛與悽傷。當他在夔州時不堪毒熱，故他愈覺怏怏不樂，他說：

『老夫轉不樂，旅次兼百憂，蝮蛇暮偃蹇，空牀難暗投，炎宵惡明燭，況乃懷舊丘！……』——毒熱寄筒崔評事十六弟。

此外如：

『露下天高秋水清，空山獨夜旅魂驚，疏燈自照孤帆宿，新月猶懸雙杵鳴。南菊再逢人臥病，北書不至雁無情；步簷倚仗看牛斗，銀漢遙應接鳳城。』——夜。

『……汨乎吾生何飄零，支離委絕同死灰！』——晚晴。

『此身飄泊苦西東，右臂偏枯半耳聾，寂寂繫舟雙下淚，悠悠伏枕左書空！……春水春來洞庭闊，白蘋愁殺白頭翁！』——清明二首之二。

『……飄蕩兵甲際，幾時懷抱寬？……』——別董頲。

也都是吐寫羈旅之苦與漂泊的傷感。逃難：

『五十白頭翁，南北逃世難，疏布纏枯骨，奔走苦不暖！已衰病方入，四海一塗炭！乾坤萬里內，莫見容身畔！妻孥復隨我，回首共悲歎！故國莽丘墟，鄰里各分散，歸路從此迷，涕盡湘江岸！』

所述遭逢世難，南北奔走，暮年衰老，窮途無歸的苦狀，語詞尤其沉痛。

其次他備嘗鄉思的痛苦。因爲頻年避亂，漂泊在外，不得買棹回里，對於故鄉的風物，常縈迴於他的心坎上：

『……覽物想故國，十年別荒邨，日暮歸幾翼，北林空自昏！……』——客居。

這是他見了異鄉的景物，而動他的鄉思，對此竟日長征的疲倦的歸鳥，不禁默默傷神。又歸雁：

『東來千里客，亂定幾年歸！腸斷江城雁，高高正北飛！』

見了北飛的歸雁，他的鄉思之情彌切。上後園山腳裏的：

『自我登隴首，十年經碧岑，劍門來巫峽，薄倚浩至今。故園暗戎馬，骨肉失追尋！時危無消息，
老去多歸心！……』

又上後園山腳裏的：

『到今事反覆，故老淚萬行！龜蒙不可見，況乃懷古鄉！……』

及同谷七歌第五首：

『四山多風溪水急，寒雨颯颯枯樹溼，黃蒿古城雲不開，白狐跳梁黃狐立。我生何爲在窮谷，
中夜起坐萬感集。嗚呼！五歌兮歌正長，魂招不來歸故鄉！』

都表達他悲喪亂而眷懷他的故鄉的情思。復愁：

『萬國尚戎馬，故園今若何？昔歸相識少，早已戰場多！』

傷戰亂之靡有戢止，故鄉多變作戰場，他的歸鄉的希望絕斷。在夔州時所作的秋興八首第一首：

『玉露凋傷楓樹林，巫山巫峽氣蕭森，江間波浪兼天湧，塞上風雲接地陰。叢菊兩開他日淚，

孤舟一繫故園心！……』

際此凋萎肅殺的秋天，對叢菊孤舟，不勝故園之思。上面所援引逃難一詩，是他在湖南（註一）時作的，末四句：『故國莽丘墟，鄰里各分散，歸路從此迷，涕盡湘江岸！』寫他的故鄉因喪亂變爲丘墟，鄰里都各分散，致窮途無歸，霏霏的涕淚，盡灑於湘江的岸上。

其次因內亂的影響，埋沒他的非凡的抱負，阻抑展舒他的偉大的才能。壯遊詩云：

『往者十四五，出遊翰墨場，斯文崔魏徒，以我似班揚。七齡思卽壯，開口詠鳳凰，九齡書大字，有作成一囊。性豪業嗜酒，嫉惡懷剛腸，脫落小時輩，結交皆老蒼。飲酣視八極，俗物多茫茫。……
……』

這是他少年時代的自傳，由此可以知道他天才的卓絕與少時的豪邁不羈的心情。又奉贈韋左丞丈詩：

『……甫昔少年日，早充觀國賓，讀書破萬卷，下筆如有神，賦料揚雄敵，詩看子建親；李邕求

（註一）有『涕盡湘江岸』一句作證。

識面，王翰願卜鄰。自謂頗挺出，立登要路津，致君堯舜上，再使風俗淳。……』

自陳當他少年時代，對於學問文藝涵養有素，不但以文辭見長，且有非凡的抱負。迨祿山造反，羣盜蠭起，蕭條的四海以內人民少而豺狼多，朝廷以戎馬倥偬，不遑文治。題衡山縣文宣王廟新學堂陸宰的第一段：

『旄頭彗紫微，無復俎豆事，金甲相排蕩，青衿一憔悴！嗚呼已十年，儒服皺於地，征夫不遑息，學者淪素志！』

壯遊的末段：

『小臣議論絕，老病客殊方，鬱鬱苦不展，羽翮困低昂！秋風動哀壑，碧蕙捐微芳！之推避賞從，漁父濯滄浪，榮華敵勳業，歲暮有嚴霜。吾觀鴟夷子，才格出尋常；羣兇逆未定，側佇英俊翔。』

都言因世亂不得展舒他的英才，伸他的素志，致使有蕙捐蘭萎之喟歎。

末因為他受了內亂的種種的痛苦與困阨，縱他是個存積極的思想而很抱樂觀的人，不免流而為消極的厭世主義者。晦日尋崔戢李封的末段：

『威鳳高其翔，長鯨吞九州，地軸爲之翻，百川皆亂流！當歌欲一放，淚下恐莫收，濁醪有妙理，庶用慰沉浮！』

他欲痛飲濁醪以驅遣他對於喪亂的憂傷。上面所引證的三川觀水漲裏的：

『浮生有蕩汨，吾道正羈束，人寰難容身，……舉頭向蒼天，安得騎鴻鵠！』

及喜晴的末段：

『千載商山芝，往者東門瓜，其人骨已朽，此道誰疵瑕。英賢遇轗軻，遠引蟠泥沙，顧慚昧所適，回首白日斜；漢陰有鹿門，滄海有靈查。焉能學衆口，咄咄空咨嗟！』

表示出他的厭世的心理欲高蹈遠引，避去戰亂。要免除現世的一切的痛苦，他祇得效莊子神遊物外，凡事付之達觀，寫懷二首：

『勞生共乾坤，何處異風俗，冉冉自趨競，行行見羈束；無貴賤不悲，無富貧亦足，萬古一骸骨，隣家號歌哭。……全命甘留滯，忘情任榮辱。……』

『……放神八極外，俛仰俱蕭瑟，終然契眞如，得匪金仙術。』

便表示出此種厭世的達觀。又春歸：

『……世路雖多梗，吾生亦有涯，此身醒復醉，乘興卽爲家。』

言世路雖嶮巇，而吾的身子有涯涘，聊託醉鄉以遣憂。總之此種消極的達觀，都由他受了久長的內亂的險濤的冲擊，與種種的恐怖，艱辛，痛苦，困阨而產生。

綜上說來，杜甫的反對戰爭的作品，與他以前及他同時代中的幾個作家的反對戰爭的作品不同的一點，卽在因爲他是戰爭的犧牲物之一，親嘗得牠的種種的痛苦，他的非戰之作，多係他自身的經歷，所以比較尤其眞切。

2. 關於他的家庭——卽妻子的。 他所受的痛苦，不是祇限於他自身受經濟的壓迫，行旅的艱難，與暮年的漂泊無依。也是因爲他的家庭受同樣的困阨，他精神上很覺頹喪，對於他們有切膚之痛。他的家人在安史之亂爆發時，已陷於貧窶的境地，如上面所引證的自京赴奉先縣詠懷所述。後由鳳翔往鄜州省家，那時他家人的窮苦的狀況不堪設想：

『……經年至茅屋，妻子衣百結，慟哭松聲迴，悲泉共鳴咽！平生所嬌兒，顏色白勝雪，見耶背面，啼垢膩腳不襪。牀前兩小女，補綻才過膝，海圖拆波濤，舊繡移曲折，天吳及紫鳳，顛倒在短褐。老夫情懷惡，嘔泄臥數日，那無囊中帛，救汝寒凜慄。……瘦妻面復光，癡女頭自櫛。……』

——北征。

他見了此種愁慘的景象，當然似親受一般，他的精神上異常懊喪，無怪他欲嘔臥數日了。上面所援引的同谷七歌第二首：『長鑱長鑱白木柄，我生託子以爲命！黃精無苗山雪盛，短衣數挽不掩脛！此時與子空歸來，男呻女吟四壁靜！……』他自傷飢饉寒凍，幷痛及他的子女。

他的妻孥曾隨從他避難各處，他們飽嘗飢渴勞頓，寒凍，及漂泊之苦，如彭衙行，自閬州領妻子卻赴蜀山行等篇都有此種的紀載，上文已援引過，此間恕不再贅。

再有一事，使他最感苦痛的，便是當賊勢猖獗時，他常同他的家人相隔絕，甚至許久沒有消息。述懷：

『去年潼關破，妻子隔絕久。……柴門雖得去，未忍即開口。寄書問三川，不知家在否？比聞同罹禍，殺戮到雞狗！山中漏茅屋，誰復依戶牖；摧頹蒼松根，地冷骨未朽，幾人全性命，盡室豈相偶！嶔崟猛虎場，鬱結迴我首。自寄一封書，今已十月後，反畏消息來，寸心亦何有！……』

這是當他竄至鳳翔，追述他在前一年潼關破後憂慮室家淪亡的心理。當他陷於賊中時，他的家庭在鄜州，鄜州去長安雖不很遠，但他的幽拘的生活，怎能同他的家人自由通音訊？何況兵盜橫行，道路壅隔，家室存亡尚不得而知，所以他愈加要焦慮紆思，迴腸百結。下列諸篇：

『國破山河在，城春草木深，感時花濺淚，恨別鳥驚心！烽火連三月，家書抵萬金，白頭搔更短，渾欲不勝簪！』——春望。

『無家對寒食，有淚如金波！斫卻月中桂，清光應更多，仳離放紅蕊，想像顰青蛾；牛女漫愁思，秋期猶渡河！』——一百五十夜對月。

『驥子春猶隔，鶯歌暖正繁，別離驚節換，聰慧與誰論。澗水空山道，柴門老樹邨，憶渠愁只睡，炙背俯晴軒。』——憶幼子。

『驥子好男兒，前年學語時，問知人客姓，誦得老夫詩。世亂憐渠小，家貧仰母慈，鹿門攜不遂，雁足繫難期！天地軍麾滿，山河戰角悲，儻歸免相失，見日敢辭遲！』——遺興。

大率都在這一時期內作的，前三篇作於鶯歌四布，繁花滿枝的日麗風和的春天，目覩雙雙對對的蜂蝶，雍雍相鳴的比翼的鳥雀，益觸動他的思家的情緒，而爲之心碎神傷。後由鳳翔返鄜州省家，他在羌邨三首第一第二兩首中描寫歸家時的情狀道：

『……妻孥怪我在，驚定還拭淚，世亂遭飄蕩，生還偶然遂！隣人滿牆頭，感歎亦歔欷！夜闌更秉燭，相對如夢寐！

晚歲迫偷生，還家少歡趣，嬌兒不離膝，畏我復卻去。……』

亂後初次歸家，他的妻孥的驚訝的神態，孺子的心理，與悲喜交集之狀，那是最好的一幅詩的畫圖；他潛伏着的悲愴的淚珠，至是眞欲奪眶而出。代宗寶應元年秋，甫避徐知道之亂，他隻身由綿州奔梓州，時他的家庭在成都，悲秋：

『涼風動萬里，羣盜尙縱橫，家遠傳書日，秋來爲客情。……』

及客夜：

『客睡何曾着，秋天不肯明，入簾殘月影，高枕遠江聲。計拙無衣食，途窮仗友生。老妻書數紙，應悉未歸情！』

都是那時的思家之作。

3. 關於他的弟妹的。 亂後杜甫同他的弟妹，遠隔河山，不得常相團聚，而且彼此消息阻隔，他惦念他們非常眞切；元日寄韋氏妹：

『近聞韋氏妹，迎在漢鍾離，郎伯殊方鎭，京華舊國移。秦城迴北斗，郢樹發南枝，不見朝正使，啼痕滿面垂！』

得舍弟消息二首：

『近有平陰信，遙憐舍弟存，側身千里道，寄食一家邨！烽舉新酣戰，啼垂舊血痕！不知臨老日，招得幾時魂！

汝儒歸無計，吾衰往未期，浪傳烏鵲喜，深負鶺鴒詩。生理何顏面，憂端且歲時，兩京三十口，雖在命如絲！』

都是當喪亂後初次與他的弟妹相隔絕，他眷懷他的弟妹的作品；得舍弟消息的第一首因憐弟而復自傷。又得舍弟消息：

『風吹紫荊樹，色與春庭暮花落辭故枝，風迴返無處。骨肉恩書重，漂泊難相遇；猶有淚成河，經天復東注！』

他見了荊花辭別了牠的母枝，引起他的骨肉漂零的悵憾。又遣興三首第一首：

『我今日夜憂，諸弟各異方，不知死與生，何況道路長！避寇一分散，飢寒永相望！豈無柴門歸，欲出畏虎狼；仰着雲中雁，禽鳥亦有行！』

他因避寇亂而同諸弟分散，他們都受飢寒的侵迫；欲歸故鄉而畏兇暴的虎狼，所以裹足不前，仰着成行的飛雁，唯有羨慕他們，並對他們流涕而已；而且因消息阻隔，生死莫卜，非常憂灼，致日夜縈繞於心。憶弟二首：

『喪亂聞我弟，饑寒傍濟州，人稀書不到，兵在見何由！憶昨狂催走，無時病去憂，卽今千種恨，惟共水東流！

且喜河南定，不問鄴城圍，百戰今誰在？三年望汝歸。故園花自發，春日鳥還飛，斷絕人煙久，東西消息稀！』

得舍弟消息：

『亂後誰歸得，他鄉勝故鄉，直爲心厄苦，久念與存亡。汝書猶在壁，汝妾已辭房，舊犬知愁恨，垂頭傍我牀。』

他憶弟之切，達於極點，憂思之病，不能排解；河南定後，他引頸而望其弟歸來，終不獲一見；唯有花鳥空自發飛，而東西的音訊依舊很是稀疏。他直欲與其弟同與存亡；其弟的手跡雖猶在壁，而他的愛妾已經辭房，他的愁恨，祇有舊犬知之。當他寓居秦州時，亦有憶念其弟的詩：

『戍鼓斷人行，邊秋一雁聲。露從今夜白，月是故鄉明。有弟皆分散，無家問死生，寄書常不達，況乃未休兵！』——月夜憶舍弟。

秦州爲唐朝的邊鄙之地，際此露清月明的秋夜，他聽了戍鼓飛雁之聲，觸起他無家的痛恨；諸弟分散，音訊阻隔，生死不可測！同谷七歌第三第四兩首：

『有弟有弟在遠方，三人各瘦何人強？生別展轉不相見，胡塵暗天道路長！東飛駕鵝後鶖鶬，安得送我置汝傍。嗚呼三歌兮歌三發，汝歸何處收兄骨！
有妹有妹在鍾離，良人早歿諸孤癡，長淮浪高蛟龍怒，十年不見來何時？扁舟欲往箭滿眼，杳
杳南國多旌旗。嗚呼四歌兮歌四奏，林猿爲我啼清晝！』

他軫念他的弟妹，比較尤其沉痛。

自他遷居成都以後，他同他的弟妹會面更杳無日期，而他的年齒漸高，氣體衰弱，老病侵尋，
恐不得再相見。遣興：

『干戈猶未定，弟妹各何之，拭淚霑襟血，梳頭滿面絲！地卑荒野大，天遠暮江遲；衰疾那能久，
應無見汝期！』

遣愁：

『……漸惜容顏老，無由弟妹來。兵戈與人事，回首一悲哀！』

恨別：

『洛城一別四千里，胡騎長驅五六年，草木變衰行劍外，兵戈阻隔老江邊！思家步月清宵立，

憶弟看雲白日眠。……』

野望：

『……海內風塵諸弟隔，天涯涕淚一身遙！』

諸詩中前兩首都表示此種心理。甫同其弟自經喪亂，宛似浮萍漂泊各處，後會難期，一旦再得會聚，喜出望外，但暫聚又別，他益覺難堪，送舍弟穎赴齊州三首：

『岷嶺南蠻北，徐關東海西，此行何日到，送汝萬行啼！絕域惟高枕，清風獨杖藜，時危暫相見，衰白意都迷！

風塵暗不開，汝去幾時來？兄弟分離苦，形容老病催；江通一柱觀，日落望鄉臺。客意長東北，齊州安在哉！

諸姑今海畔，兩弟亦山東，去傍干戈覓，來看道路通。短衣防戰地，匹馬逐秋風，莫作俱流落，長瞻碣石鴻！』

因世亂時危己身已屆風燭殘年，此次別了以後，不知何時再得與其弟把晤，也許是爲最後一次的分別，所以當他同其弟握別時，他痛揮老淚，益覺依依難捨。舍弟觀歸藍田迎新婦送示二首：

「汝去迎妻子，高秋念卻回，卽今螢已亂，好與雁同來。東望西江永，南遊北戶開，卜居期靜處，會有故人杯。」

「楚塞難爲路，藍田莫滯留，衣裳判白露，鞍馬信淸秋，滿峽重江水，開帆八月舟，此時同一醉，應在仲宣樓。」

他送其弟觀往藍田迎婦，希望其與雁同歸，在仲宣樓把晤，莫滯留於藍田。

甫的從弟死於戰亂之中，不歸一篇便是弔他的從弟的詩：

「河間尚戰伐，汝骨在空城，從弟人皆有，終身恨不平！數金憐俊邁，總角愛聰明，面上三年土，春風草又生」！

因爲他死於戰亂，甫終身替他抱不平。

4.關於他的親戚及鄰里的。　因久長的喪亂，他同他的親朋亦常相懸隔；他的精神上所以亦很感苦痛。中宵裏的：

『親朋滿天地，兵甲少來書！』

登岳陽樓裏的：

『親朋無一字，老病有孤舟！』

表示他落寞淒涼的身世，彷彿是中宵失羣的孤雁，在冷冷的寥廓的灰色的宇宙裏，哀哀的帶血帶淚的號叫着。懷舊：

『地下蘇司業，情親獨有君，那因喪亂後，便有死生分！老罷知明鏡，歸來望白雲，自從失辭伯，不復更論文！』

他回憶亡友蘇源明生日，因喪亂而有死生的訣別，至是唯有對白雲悵望，歎失辭伯，自己落寞寡歡，沒有興致再同人談文藝了。

他同他的親朋因喪亂之故，各似砂礫的分散於淼淼的滄海之中，偶然相遇合，不久又分離。他同他們暫合又別時情緒的慘慼，令人不忍卒讀，如王閬州筵奉酬十一舅惜別之作：

『……良會不復久，此生何太勞！窮愁但有骨，羣盜尙如毛；吾舅惜分手，使君寒贈袍。沙頭暮黃鵠，失侶亦哀號！

如送韋十六評事充同谷防禦判官：

『……傷哉文儒士，憤激馳林丘，中原正格鬬，後會何緣由！百年賦命定，豈料沉與浮。且復戀良友，握手步道周。……題詩得秀句，札翰時相投。』

如發同谷縣：

『……臨岐別數子，握手涙再滴！文情無舊深，窮老多慘慼。……』

如送高三十五書記：

『常恨結驩淺，各在天一涯；又如參與商，慘慘中腸悲！驚風吹鴻鵠，不得相追隨，黃塵翳沙漠，念子何當歸？』

都是送別親友或與友人分離（指發同谷縣）時所表出的纏綿悱惻的眞摯的情緒。又如送遠一篇：

『帶甲滿天地，胡爲君遠行，親朋盡一哭，鞍馬去孤城。草木歲月晚，關河霜雪淸；別離已昨日，因見古人情！』

因兵戈滿地，道路壅隔，當他的友人出行時，親朋皆哭，雖生離而有死別之憂，甫對於他的友人，亦戀繫於心，不能消解。此外如：

『扶病送君發，自憐猶不歸，秖欲盡客淚，復作掩荆扉。江漢故人少，音書從此稀，往還二十載，歲晚寸心違！』——贈韋贊善別。

『……悲歌鬢髮白，遠赴湘吳春；我戀岷下芋，君思千里蓴。生離與死別，自古鼻酸辛！』——贈別賀蘭銛。

『……時危兵革黃塵裏，日短江湖白髮前，古往今來皆涕淚，斷腸分手各風煙！』——公安送韋二少府匡贊。

『……別離經死地，披寫忽登臺，重對秦簫發，俱過阮宅來，留連春夜舞，淚落強徘徊。』——鄭駙馬池臺喜遇鄭廣文同飲。

亦都描寫送別時慘惻的情緒；後一首寫久別重逢時的情狀。

他見了鄰里所受的災殃，亦發出淒感與矜憫的心，並爲他們泫然流涕。羌邨三首末一首：

『羣雞正亂叫，客至雞鬭爭，驅雞上樹木，始聞叩柴荊，父老四五人，問我久遠行；手中各有攜，傾榼濁復清。苦辭酒味薄，黍地無人耕，兵革既未息，兒童盡東征。請爲父老歌，艱難愧深情，歌罷仰天歎，四座淚縱橫！』

描寫亂後鄰里的荒涼，丁幼都外出從軍，黍地無人耕種，致酒味薄弱，他們經濟的艱窘亦可想見。又三絕句之二：

『二十一家同入蜀，惟殘一人出駱谷，自說二女齧臂時，迴頭卻向秦雲哭！』

述同行者罹災之酷烈。

以上除了末首有觀察攙入外，其餘都是爲由他自己的經歷中感受戰亂的苦痛的寫眞。現請進而研究他從觀察得來的或客觀的反對戰爭之作。

二、客觀的描寫。

這一類的詩，都是從兵士自身與一般民衆着想，杜甫謳吟此類的詩其觀察點往往各有不同。現卽按其觀察點之同異而分條說明如左：

1. 關於人道的。杜甫是位最富於同情心的人，上文已經提及過，他對於社會上一切被壓迫的與不幸的民衆——尤其是戍邊的兵卒與罹災的難民——他非特最表同情，且爲他們太息流涕，大聲呼籲。換言之，他是位最富有人道思想的人，在他的詩集裏，隨處可以發現這種色彩，如：

『朱門酒肉臭，路有凍死骨！』——赴奉先縣詠懷。

『乾坤含瘡痍，憂虞何時畢！』——北征。

『何由見寧歲，解我憂思結！』——喜雨。

他發現戰爭的罪惡，正是因爲他處處從人道方面着眼，如悲陳陶：

『孟冬十郡良家子，血作陳陶澤中水，野曠天青無戰聲，四萬義軍同日死！……』

及悲青坂：

『我軍青坂在東門，天寒飲馬太白窟，黃頭奚兒日向西，數騎彎弓敢馳突。山雪河冰晚蕭瑟，青是烽煙白是骨，焉得附書與我軍，忍待明年莫倉卒。』

傷官軍如豕犬般被屠戮於陳濤斜及青坂的地方。後由鳳翔歸鄜州，深夜經過戰場，見寒月照耀纍纍的白骨，他又動他的悲憫的心：

『……深夜經戰場，寒月照白骨，潼關百萬師，往者散何卒，遂令半秦民，殘害爲異物，……』

——北征。

當他由洛陽回華州，道經潼關，見士卒修築此關道，便回想到桃林之敗：

『哀哉桃林戰，百萬化爲魚！』——潼關吏。

又如：

『……萬國盡征戍，烽火被岡巒，積屍草木腥，流血川原丹！』——垂老別。

『……東征健兒盡，羌笛暮吹哀！』——秦州雜詩二十首之八。

『……戰場冤魂每夜哭，空令野營猛士悲！』——去秋行。

『……鄴中事反覆，死人積如邱！……』——遣興三首之二。

亦都痛悼國家喪亂之甚，健強的戰士，都促短其壽命，變爲戰爭的犧牲品。甫對於此一輩子的人，因其受禍最烈，所以也最爲痛惜。

他更注意到征夫的家庭，及他們離別時的慘況，如：

『……肥男有母送，瘦男獨伶俜。白水暮東流，青山猶哭聲！莫自使眼枯，收汝淚縱橫；眼枯卻見骨，天地終無情！……』——新安吏。

這是描寫丁壯丁幼同他們的家人別離後的慘象。那一片凄涼幽怨的哭泣之聲，直透過無限的連緜的時間之壁，而震撼千百年後讀者的耳鼓！又如：

『……老妻臥路啼，歲暮衣裳單，孰知是死別，且復傷其寒！此去必不歸，還聞勸加餐！……勢異鄴城下，縱死時猶寬！人生有離合，豈擇衰老端，憶昔少壯日，遲迴竟長歎！……棄絕蓬室居，塌然摧肺肝！』——垂老別。

描寫垂老從戎的老翁同他的老妻離別時的繾綣慘愴的情狀；這位老翁悲不自勝，姑作慷慨語以慰其老妻而兼爲自解。又如：

『兔絲附蓬麻，引蔓故不長，嫁女與征夫，不如棄路傍！結髮爲妻子，席不煖君牀，暮婚晨告別，無乃太匆忙！……君今往死地，沉痛迫中腸！……勿爲新婚念，努力事戎行。……仰視百鳥飛，大小必雙翔，人事多錯迕，與君永相望！』——新婚別。

那一對如膠如漆正要度甜蜜歲月的新婚夫婦，他們前一夕結婚，次晨這位新郎便要匆匆的告別他的新婦，出戍河陽，使他們變做仳離的鸞鳳，感受生別死離的痛苦。而這位新婦又以大義勗其夫，末又望同他有團聚的一天。據那位富於感情的詩翁看來，當然認爲極不人道的一件事。他又描寫陣亡的兵士的妻子慟哀哭泣的慘狀云：

『……哀哀寡婦誅求盡，慟哭秋原何處邨！』——白帝。

無家別一篇：

『寂寞天寶後，園廬但蒿藜，我里百餘家，世亂各東西；存者無消息，死者爲塵泥！賤子因陣敗，歸來尋舊蹊。久行見空巷，日瘦氣慘悽，但對狐與狸，豎毛對我啼；四隣何所有，一二老寡妻；宿鳥戀本枝，安辭且窮棲。方春獨荷鋤，日暮還灌畦。縣吏知我至，召令習鼓鞞，雖從本州役，內顧無所擕，近行止一身，遠去終轉迷。家鄉既蕩盡，遠近理亦齊。永痛長逝母，五年委溝谿，生我不得力，終身兩酸嘶！人生無家別，何以爲蒸黎！

此詩中的主人翁，是個村中的丁男，他因戰敗而歸尋他的舊蹊。他見以前鬱膴的園廬都變爲荒寂的蒿藜，里人竄逃的竄逃，死亡的死亡，弄得家虛巷空，但聞狼子狐兒的嗥音，老妻寡婦的哭泣聲音，偏布於這灰色淒涼的村墟之中，未免觸目傷心。縣吏一聽得他返鄉，急忙勒迫他去當兵。他的母親因遭逢喪亂，委死於溝谿之中，他益痛悼酸心不止。

此外如：

『……室中更無人，惟有乳下孫，有孫母未去，出入無完裙，老嫗力雖衰，請從吏夜歸，急應河陽役，猶得備晨炊。夜久語聲絕，如聞泣幽咽，天明登前途，獨與老翁別！』——石壕吏。

描寫石壕邨的新戰死者家中淒涼與被滋擾的慘狀，暴吏夤夜闖入他們的家中捉人，老翁踰牆遁逃，老婦被驅迫服役河陽，祇留寡媳幼孫在家中嗚咽啜泣。

這位詩翁又睜着圓圓的銳利的老眼瞪視到一般無辜的芸芸的民衆，因喪亂而被殺傷，到呻吟流血毀滅：

『……所遇多殺傷，呻吟更流血！……』——北征。

『羯胡腥四海，回首一茫茫，血戰乾坤赤，氛迷日月黃！……』——送靈州李判官。

當時的兵卒將士的獷暴兇橫無異豺虎他們張着銳利的爪牙，到處吞噬人民，如：

『……羣盜相隨劇虎狼，食人更肯留妻子！』——三絕句之一。

『殿前兵馬雖驍雄，縱暴略與羌渾同，聞道殺人漢水上，婦女多在官軍中！』——三絕句之三。

『……萬人尙流冗，舉目惟蒿萊，至今大河北，化作虎與豺！……』——夏日歎。

『……胡星墜燕地，漢將仍橫戈，蕭條四海內，人少豺虎多！少人愼莫投，多虎信所過。……』

——別唐十五誡因寄禮部賈侍郞。

官軍與賊軍是一丘之貉，同樣的兇悍。甫對於受奇辱的婦女及被屠殺的人民，非常表同情，並痛悼他們，而且爲他們呼籲，大膽無憚的揭示出那些匪盜式的兵士的罪惡，直率無諱的稱他們爲「羣盜」「豺虎」。征夫一詩：

『十室幾人在，千山空自多，路衢唯見哭，城市不聞歌！漂梗無安地，銜枚有荷戈。……』

及闇夜裏的「野哭千家聞戰伐」可代表那時代的殺伐的聲波，亂後的蕭條與人民的愁怨哭泣的慘況。

2. 關於兵制自身的。 自祿山造反，政府亟欲恢復疆土，肅淸內亂，乃不得不強迫人民從軍，以前二十從軍，六十而免的定制，至是始破壞。相州之潰，官軍殺傷數十萬，於是朝廷調兵益急。官吏勒迫人民當兵，所在多有，甚至宵夜捉人。新安吏：

『客行新安道，喧呼聞點兵，借問新安吏，縣小更無丁。府帖昨夜下，次選中男行，中男絕短小，何以守王城！……』

描寫新安吏勒迫丁幼從軍。石壕吏：

『暮投石壕邨，有吏夜捉人，老翁踰牆走，老婦出看門。吏呼一何怒，婦啼一何苦！聽婦前致詞，三男鄴城戍，一男附書至，二男新戰死；存者且偸生，死者長已矣！……』

描寫官吏宵夜捉人，用恐嚇的手段驅迫人民從軍，雖老弱亦無幸免。又上面所援引的垂老別及新婚別，嗟歎鬢髮蒼白的老年與新有配偶的人，亦都被強迫從戎。處於這樣比洪水猛獸更厲害的軍事制度下面，個人幾無容身的餘地。

杜甫觀看當時代的兵制的腐敗，好像登在崚嶒的巒峯之上眄視原坰一般，都在他的視線之中。使他的靈海中常掀起不平的怒濤的，便是軍閥的專橫，他們芻狗人民，如：

『……一國實三公，萬人欲爲魚！唱和作威福，孰肯辯無辜。眼前列杻械，背後吹笙竽；談笑行殺戮，濺血滿長衢。到今用鉞地，風雨聞號呼，鬼妾與鬼馬，色悲充爾娛。國家法令在，此又足驚吁！……』——草堂。

軍閥互相征伐而害及人民；他們視民命如草芥，荼毒無辜，濫殺非命。這位熱情的詩翁，代替一般被侮辱被蹂躪被屠戮的民衆，作力竭聲嘶的呼籲，且同那些萬惡的軍閥宣戰而下最猛烈的攻擊。又如：

『……歎息當路子，干戈尙縱橫，掌握有權柄，衣馬自肥輕！……』——太子張舍人遺織成褥段。

也是諷刺當時的軍閥盜竊兵柄，侵害和平，窮極奢靡。

3. 關於生計的。 安史亂後國內最能生產的份子——丁壯——都被強迫從戎，致生產般富的田疇，都變成荒蕪。喜晴：

『……干戈雖橫放，慘澹鬭龍蛇，甘澤不猶愈，且耕今未賒。丈夫則帶甲，婦女終在家；力難及黍稷，得種菜與麻。……』

羌邨三首末一首裏的：

『苦辭酒味薄，黍地無人耕，兵革既未息，兒童盡東征。』

憶昔二首末一首裏的：

『豈聞一絹直萬錢，有田種穀今流血！』

及園官送菜裏的：

『嗚呼戰伐久，荊棘暗長原！』

都描寫喪亂以後的穀田，流血的流血，荒廢的荒廢。貨物亦積滯不通：

『……蜀麻久不來，吳鹽擁荊門，西南失大將，商旅自星奔。……』——客居。

國家以連年用兵，軍需浩大，在在仰給於民，所以有供給無粟之歎：

『黃河南岸是我蜀，欲須供給家無粟。……』——黃河二首之二。

此外如：

『……傷時苦軍乏，一物官盡取，嗟爾江漢人，生成復何有！有同枯棧木，使我沉歎久。死者卽已休，生者何自守！……』——枯椶。

『……巴人困軍需，慟哭厚土熱！……』——喜雨。

『國步猶艱難，兵革未衰息，萬方哀嗷嗷，十載供軍食。庶官務割剝，不暇憂反側。……』——送韋諷上閬州錄事參軍。

『……時危賦斂數，脫粟爲爾揮。相攜行豆田，秋花靄菲菲，子實不得喫，貨市送王畿。盡添軍旅用，迫此公家威！……』——甘林。

『……伐竹者誰子，悲歌上雲梯，爲官採美箭，五歲供梁齊，苦云直簳盡，無以應提攜。奈何漁，陽騎，颯颯驚蒸黎！』——石龕。

都嗟歎賦斂之重，人民困於軍需的供給，酷吏的剝削，他們的生計艱窘到極點。又如：

『……石間采蕨女，鬻市輸官曹，丈夫死百役，莫返空邨號！聞見事略同，刻剝及錐刀，貴人豈不仁，視汝如莠蒿。索錢多門戶，喪亂紛嗷嗷。奈何黠吏徒，漁奪成逋逃！……』——遣遇。

亦諷刺豪吏剝削民脂之甚，貴人袖手旁觀，視平民如莠蒿，聽他們被無恥的黠吏剪除。又如：

『……使者分王命，羣公各典司，恐乖均賦斂，不似問瘡痍。萬里煩供給，孤城最怨思。綠林寧小患，雲夢欲難追。……』——夔府書懷四十韻。

傷夔州人民困於繁重的軍賦，他們勢必流而爲盜賊。

當時一般平民生計的艱難已達於極點；試讀下列諸篇：

『……亂世誅求急，黎民糠籺窄，飽食亦何心，荒哉膏粱客，富家廚肉臭，戰地骸骨白！……』

——驅豎子摘蒼耳。

『夔州處女髮半華，四十五十無夫家，更遭喪亂嫁不售，一生抱恨長咨嗟！土風坐男使女立，男當門戶女出入；十有八九負薪歸，賣薪得錢應供給。至老雙鬟只垂頸，野花山葉銀釵並；筋力登危集市門，死生射利兼鹽井。面粧首飾雜啼痕，地褊衣寒困石根。……』——負薪行。

『堂前撲棗任西隣，無食無兒一婦人。不爲困窮寧有此，秖緣恐懼轉須親。卽防遠客雖多事，便插疎籬卻任眞。已訴徵求貧到骨，正思戎馬淚盈巾！』——又呈吳郎。

『歲云暮矣多北風，瀟湘洞庭白雪中，漁父天寒網罟凍，莫徭射雁鳴桑弓。去年米貴闕軍食，今年米賤太傷農，高馬達官厭酒肉，此輩杼柚茅茨空！楚人重魚不重鳥，汝休枉殺南飛鴻！況聞處處鬻男女，割慈忍愛還租庸。……』——歲晏行。

『……飢有易子食，獸猶畏虞羅。……』——別唐十五誡因寄禮部賈侍郎。

這些詩都描寫亂後的平民的貧苦的實況，他們眞似赤子一般的空無，而官吏匪特毫無體恤他們的心，且剝削他們不止；所以客從一篇：

『客從南溟來，遺我泉客珠，珠中有隱字，欲辯不成書。緘之篋笥久，以俟公家須。開視化爲血，哀今徵斂無！』

便是杜甫最哀痛他們而代替他們呼籲之作。

他對於王室的罹災殃，亦有相當的矜憐，哀王孫：

『……金鞭折斷九馬死，骨肉不得同馳驅，腰下寶玦青珊瑚，可憐王孫泣路隅！問之不肯道姓名，但道困苦乞爲奴。已經百日竄荊棘，身上無有完肌膚。高帝子孫盡隆準，龍種自與常人殊；豺狼在邑龍在野，王孫善保千金軀！不敢長語臨交衢，且爲王孫立斯須。……花門剺面請雪恥，愼勿出口他人狙，哀哉王孫愼勿疎，五陵佳氣無時無！』

備述王族避亂受傷，在路隅哭泣，狀極狼狽，甫匪特深是憐惜他們，且反覆丁寧，希望他們愼勿疎懈，庶幾免於禍難。哀江頭一篇：

『少陵野老吞聲哭，春日潛行曲江曲，江頭宮殿鎖千門，細柳新蒲爲誰綠！憶昔霓旌下南苑，苑中萬物生顏色，昭陽殿裏第一人，同輦隨君侍君側，輦前才人帶弓箭，白馬嚼齧黃金勒，翻身向天仰射雲，一笑正墮雙飛翼。明眸皓齒今何在，血汚遊魂歸不得！淸渭東流劍閣深，去住彼此無消息！人生有情淚沾臆，江水江花豈終極，黃昏胡騎塵滿城，欲往城南望城北。』

他見了曲江的蕭條沉寂，便回憶到昔時貴妃遊幸此苑之盛，末傷其血汚遊魂，不得善終。又如：

『……洛陽宮殿燒焚盡，宗廟新除狐兔穴，傷心不忍問耆舊，復恐初從亂離說。……』——憶昔二首之二。

『往在西京日，胡來滿彤宮，中宵焚九廟，雲漢爲之紅！解瓦飛十里，繐帷紛曾空。疚心惜木主，一一灰悲風，合昏排鐵騎，清曉散錦幪。賊臣表逆節，相賀以成功。是時妃嬪戮，連爲糞土叢！當宁陷玉座，白間剝畫蟲，不知二聖處，私泣百歲翁！……』——往在。

傷兩都淪陷，宮殿宗廟，化爲灰燼，主上出奔，妃嬪被戮。前人把他的詩歌，都認作憂時懷君之作，固未免太近乎臆斷，但他的詩集裏，卻實有不少矜哀王室的蒙難的作品。

據這位詩翁敏慧的觀察，戰爭匪特有背乎人道，釀成軍人跋扈，並使人民的生計陷於極窮窘的境地，且使一切的人事都失掉牠們的常態，如送十四江東省覲所云：

『兵戈不見老萊衣，歎息人間萬事非！……』

歎息世亂，人子不得孝養其親，且一切人間的事都顛倒黑白，淆亂是非。題衡山縣文宣王廟學堂呈陸宰：

『旄頭彗紫微，無復俎豆事，金甲相排蕩，青衿一憔悴！……』

嗟歎世亂人都棄文就武，學者不得舒展他們的才學。

除上述種種的禍害外，內亂亦適所以召外患，此一層當至德二載廣平王俶與郭子儀借回紇及西域之師合討安慶緒時，已有先見之明，如：

『……仰視天色改，坐覺妖氛豁，陰風西北來，慘澹隨回紇。其王願助順，其族善馳突，送兵五千人，驅馬一萬匹，此輩少為貴，四方服勇決。所用皆鷹騰，破敵過箭疾。……』——北征。

借兵外夷，恐終為國患。又如：

『汗馬收宮闕，春城鏟賊壕，賞應歌杕杜，歸及薦櫻桃。雜虜橫戈數，功臣甲第高，萬方頻送喜，無乃聖躬勞！』——收京三首之三。

他預料回紇將恃功邀賞，並啓他們輕視中國之心，後果如所慮。回紇兵入洛陽後，大肆焚劫。廣德元年及永泰元年胡人兩次大舉入寇：

『……西京疲百戰，北闕在羣兇。……』——傷春五首之一。

『……戎狄乘妖氣，塵沙落禁闈。……』——送盧十四弟侍御護韋尚書靈櫬歸上都二十四韻。

他們由於乘虛而入。

三、對於善後的主張。

甫對於內亂的主張，當然希望朝廷擢用良將，把賊臣卽行肅清，故當賊陷於絕境時，他歡呼道：

『胡騎潛京縣，官軍擁賊壕，鼎魚猶假息，穴蟻欲何逃！……乞降那更得，尙詐莫徒勞！……誰云遺毒螫，已是沃腥臊。……家家賣釵釧，只待獻香醪。』——喜聞官軍已臨賊境二十韻。

這是他在肅宗至德年間官軍將討平安慶緒之亂的時候謳吟的，後於寶應元年聞官軍收復兩河，他又狂喜道：

『劍外忽傳收薊北，初聞涕淚滿衣裳，卻看妻子愁何在，漫卷詩書喜欲狂。白日放歌須縱酒，青春作伴好還鄉，卽從巴峽穿巫峽，便下襄陽向洛陽。』——聞官軍收河南河北。

但此種喜悅的流露由於他受了一時的感情的衝動而樂不自禁所致他的理智與精確的觀察告訴他說時事未可遽作樂觀。留花門：

『花門天驕子，飽肉氣勇決高秋馬肥健，挾矢射漢月。自古以爲患，詩人厭薄伐修德使其來，羈縻固不絕。胡爲傾國至出入暗金闕？中原有驅除隱忍用此物！……』

及上文所引證的北征與收京第三首，他預知借外兵必遭外侮。又有感五首第二首：

『幽薊餘蛇豕，乾坤尙虎狼，諸侯春不貢，使者日相望。……』

及第五首：

『胡滅人還亂，兵殘將自疑！登壇名絕假，報主爾何遲！領郡輒無色，之官皆有詞。願聞哀痛詔，端拱問瘡痍！』

這是在收京以後他憂慮鎭將的擁兵跋扈。但他對於息兵的主張非常迫切，當他初聞恢復之報，便有洗兵行之作：

『……田家望望惜雨乾，布穀處處催春種，淇上健兒歸莫懶，城南思婦愁多夢！安得壯士挽天河淨洗甲兵長不用！』

當他在秦州時，他爲民請命云：

『……老弱哭道路，願聞甲兵休。……』——遣興三首之二。

他自己對於甲兵亦非常厭惡：

『……不意書生耳，臨衰厭鼓鞞！』——秦州雜詩二十首之十一。

『……自傷遲暮眼，喪亂飽經過！』——寓目。

其後因喪亂連續不息，人民所受飢餓寒凍憂怨號泣的苦痛，及官吏的橫索暴征的滋擾，較往昔爲尤甚，他自己亦飽嘗漂泊與覊旅之苦，所以他對於息兵的企望，尤其懇切而慇懃，如：

『故鄉門巷荆棘底，中原君臣豺虎邊；安得務農息戰鬬，普天無吏橫索錢！』——晝夢。

『……凶兵鑄農器，……』——夔州書懷四十韻。

『……願戒兵猶火，恩加四海深。』——提封。

『天下郡國向萬城，無有一城無甲兵，焉得鑄甲作農器，一寸荒田牛得耕，牛盡耕，蠶亦成，不勞烈士淚滂沱，男穀女絲行復歌。」——蠶穀行。

都表示他對於息兵的盼切，戰士解甲歸田，把他們所有的甲兵鑄成農器，如是則人民旣可復得盡力於蠶穀，而飢寒可免，又能免去黠吏的借公濟私，剝削民膏，及他們滋擾人民，脅迫人民之弊。草閣裏的：

「不眠憂戰伐，無力正乾坤！」

足見他殷憂戰亂之切，他洞悉天下甲兵之所以未盡銷者，都由當時軍閥之兇橫野心，殘忍好鬬，所以他對於國是的解決法：

「……請先偃甲兵，處分聽人主，萬邦但各業，一物休盡取。……」——雷。

「……鋒鏑供鋤犂，征戍聽所從，冗官各復業，土著還力農，君臣節儉足，朝野懽呼同。……」

——往在。

先偃息甲兵，各鎮將須服從中央命令，一切聽命於王，同時使官吏人民各盡其職，土著都歸本鄉戮力農事，國君官吏務從儉約，以爲人民表率；喪亂以後人民貧苦足憐，故尤當爲民擇官任用廉吏，薄稅斂以蘇民困。甫對於出仕的友人，常諄諄然以此相勸誘：

「……國待賢良急，君當拔擢新，佩刀成氣象，行蓋出風塵。戰伐乾坤破，瘡痍府庫貧，衆寮宜潔白，萬役但平均。……」——送陵州路使君之任。

「……上請減兵甲，下請安井田。……」——湘江宴餞裴二端公赴道州。

他送顧八分文學適洪吉州詩裏：

「子干東諸侯，勸勉防縱恣，邦以民爲本，魚餓聞香餌，請哀瘡痍深，告訴皇華使，使臣精所擇，進德知歷試。惻隱誅求情，固應賢愚異，烈士惡苟得，俊傑思自致。贈子猛虎行，出郊載酸鼻。」

希望顧文學以節慾愛民進賢告洪吉兩州之當道者。又送殿中楊監赴蜀見相公：

「……況子已高位，爲郡得固辭，難拒供給費，愼哀漁奪私，干戈未甚息，綱紀正所持。……」

亦以毋漁奪人民誡楊監。又當他見了元結的春陵行及賊退示官吏兩篇，他十分讚道他（參閱上文）。朱鳳行一篇。

「君不見瀟湘之山衡山高，山巔朱鳳聲嗷嗷，側身常顧求其曹，翅垂口噤聲勞勞，下愍百鳥在羅網，黃雀最小猶難逃。願分竹實及螻蟻，盡使鴟梟相怒號！」

他愍百鳥之羅網，欲求曹以釋救他們，使他們得免避兇悍的鴟梟的蹂躪。

附錄

杜甫時代重要之戰爭與叛亂年表

唐玄宗時代

開元一〇年　秋安南亂，遣內侍楊思勖討平之。

又　北庭節度使張孝嵩擊吐蕃，大破之。

又　召募精兵十三萬充宿衞。

一五年　春正月吐蕃入寇，王君㚟追擊至青海西破之。

二〇年　春正月遣信安王禕將兵擊契丹，大破之。

又　冬張守珪斬契丹王屈烈及可突干。

天寶

二四年　夏四月張守珪使討擊使安祿山討奚契丹，敗績。

二五年　募丁壯長充邊軍。

四　年　秋九月安祿山討奚契丹，破之。

六　年　冬董延光攻吐蕃石堡城。

八　年　夏六月哥舒翰攻吐蕃石堡城，拔之；唐士卒死者數萬。

一〇年　夏四月劍南節度使鮮于仲通討南詔蠻，敗績，唐士卒死者約六萬人，制復募兵以擊之。人聞雲南多瘴氣，莫肯應募，楊國忠遣御史分道捕人枷送軍所。

又　　秋安祿山將兵六萬討契丹，大敗，士卒死亡殆盡。

一一年　春三月安祿山擊敗契丹。

一三年　夏劍南留後李宓擊南詔，全軍覆歿，楊國忠又發兵討之；前後死者約二十萬人。

一四年　冬十一月安祿山反，遣封常清如洛陽募兵，旬日得六萬人以禦之。

又　　十二月榮王琬出內府錢帛，於京師募兵十一萬。

封常淸與賊戰於武牢，敗績，安祿山遂陷洛陽。
高仙芝退保潼關，河南多陷。
平原太守顏眞卿，常山太守顏杲卿等起兵討賊，河北諸郡皆應之，兵共有二十餘萬。

一五年 春正月賊將史思明陷常山，顏杲卿死之，復陷鄴，趙，廣平，鉅鹿，上谷等九郡，進圍饒陽。

又 二月李光弼入常山，執賊將安思義，遂與史思明戰，大破之。
顏眞卿擊魏郡，拔之。

又 夏五月郭子儀，李光弼與史思明戰於嘉山，大破之，斬首四萬級，復河北十餘郡。

又 六月哥舒翰與賊戰於靈寶，大敗，賊遂入潼關，玄宗奔蜀。
賊將孫孝哲陷長安，殺妃子皇孫數十人。

又 秋九月遣使徵兵回紇。

又　冬十月以房琯爲詔討節度等使，與賊戰於陳濤斜，敗績，官軍死傷四萬餘人。

史思明攻陷河北諸郡。

又　十二月安祿山遣兵陷潁川。

張巡移軍寧陵，與賊將楊朝宗戰，大破之。

唐肅宗時代

至德二年　春正月史思明等寇太原，朱光弼擊破之。

又　三月郭子儀平河東。

又　夏四月郭子儀與賊戰於淸渠，敗績。

又　秋九月廣平王俶，郭子儀合回紇兵收復長安。

又　冬十月尹子奇陷睢陽。

廣平王俶，郭子儀等收復洛陽，回紇縱兵大掠。

又　十二月賊將史思明，高秀巖各以所部降唐。

乾元元年　夏六月史思明反。
冬十月郭子儀等拔衛州遂圍鄴城。
二年　春三月九節度之兵潰於相州。
又　冬十月李光弼與史思明戰於河陽，大敗之。
上元二年　春二月李光弼與史思明戰於邙山敗績，河陽，懷州皆陷。
寶應元年　秋西川兵馬使徐知道反。
又　冬十月以雍王适爲兵馬元帥，借兵回紇以討史朝義，大敗之，取洛陽與河陽。

唐代宗時代

廣德元年　冬十月吐蕃帥吐谷渾，党項，氐，羌三十餘萬衆入寇，代宗奔陝州，虜入長安，郭子儀擊之，吐蕃遁去。
二年　春正月僕固懷恩反，寇太原，不克，遂圍榆次。
永泰元年　夏五月平盧將李懷玉逐其節度使侯希逸，詔以懷玉爲留後。

又　秋九月僕固懷恩誘回紇，吐蕃雜虜入寇，懷恩道死。冬十月回紇受盟而還，吐蕃夜遁。

閏九月漢州刺史崔旰殺西川節度使郭英乂，邛州牙將柏茂琳，瀘州牙將楊子琳等各舉兵討旰。

大曆三年　六月幽州將朱希彩殺其節度使李懷僊，詔以希彩爲留後。

又　秋吐蕃入寇，鳳翔都將李晟屠吐蕃定秦堡，吐蕃遁還。

五年　夏四月臧玠殺澧州刺史崔瓘，據潭爲亂，湖南將王國良因之而反。